COLLECTION POÉSIE

W0212638

CHARLES CROS

Le Coffret de santal

PRÉFACE
D'HUBERT JUIN

nrf

GALLIMARD

© *Éditions Gallimard, 1972.*

PRÉFACE

La constante méconnaissance de l'œuvre poétique de Charles Cros, depuis sa publication jusqu'aux surréalistes, est le premier élément valable, semble-t-il, d'une analyse et d'une approche véritables. Cros est un homme posé de biais : qu'il s'agisse de science, de poésie, voire : de vie quotidienne! Il choisit sans cesse de mécontenter, et, de fait, il mécontente : ni les ténors de l'Académie des sciences, ni les Parnassiens du passage Choiseul, ni les incitateurs du symbolisme ne le peuvent supporter. Ils feignent de le mépriser, de le tenir pour quantité négligeable ou nulle ; ils y mettent de la condescendance, et, parfois, ce qui est pire : de la pitié. L'impression vient aussitôt que Cros met la main, avec une sorte de pudeur hautaine, à son propre exil. Exilé, il l'est : chassé hors de la conquête scientifique, loin du renouveau poétique, en marge de la vie sociale. Ce n'est pas un homme convenable. Tout se passe comme s'il avait choisi de refuser la prose du monde, de s'y opposer, de la négliger (ce qui est plus juste), d'en faire fi. Le monde le lui rend bien! qui le néglige à son tour, et l'assassine. Voyez son comportement d'inventeur : il improvise avec génie et sûreté, mais il ne réalise pas.

Les mécènes qui le soutiennent par instants se lassent et l'abandonnent : les idées bouleversantes, jugent-ils, lorsqu'elles ne consentent pas au commerce, ne bouleversent rien. Citadin hanté par la campagne, adulte habité par l'enfant, amoureux rongé par le temps qui passe et détruit, musicien merveilleux d'audace et de justesse, c'est Charles Cros, mais c'est, aussi bien, l'échec de Cros. Qu'importe la communication avec les planètes, cette rêverie gigantesque, à ces gens qui veulent édifier un nouveau télégraphe au Pérou? Les chemins, ici, bifurquent, — et le malheur commence, cette très réelle descente aux enfers de la pauvreté et de l'alcool qui sera le lot d'un qui avait dans l'idée de « poétiser » le monde.

En fait, il ne s'agit que de cela : la plus futile des opérations devient soudainement la plus haute. La nécessité de la poésie, rarement, s'est fait aussi bien, aussi sereinement, sentir qu'en ces pages sur fond de tragédie : Cros est mort de ce qui fait vivre son chant, une clarté lucide qui le grandit et qui fut, aux regards des contemporains, il le faut croire, impardonnable :

Dans la course effarée et sans but de ma vie
Dédaigneux des chemins déjà frayés, trop longs,
J'ai franchi d'âpres monts, d'insidieux vallons.
Ma trace avant longtemps ne sera pas suivie...

Cela n'est pas sûr : il ne viendrait à l'idée de personne de contester la place immense qu'en l'avant-siècle (comme dit Louis Forestier, son meilleur éditeur et, à ce jour, son meilleur biographe), dans ce rameutement un peu hasardeux et hagard de voix pressées d'où doit naître le chant futur ; dans ce moment où l'on sent bien que rien ne sera plus comme avant sans pouvoir, sinon obscurément, inventer le nouveau monde ; dans l'étrange passion, qui se dessine, de parler autrement, occupe, en ce lieu mouvant que j'ai dit, Charles Cros, et ses poemes d'apparence discordants, qu'on jurerait occultés volontairement mais dont ni l'injustice ni l'oubli n'ont pu venir à bout. Et c'est peut-être le contraire : la leçon que Cros donne à Laforgue est immédiate, et tellement qu'il faut voir que Cros, un jour, s'est mis à l'école de Laforgue : c'est un déhanchement de Pierrot triste dont les accents se reconnaissent sans tarder. Même échange — mais il faudrait saisir un climat, briser la trop commode mécanique des influences (ce jeu scolaire), imaginer que des hommes épars ressentent d'une égale façon ce qui s'ébauche à l'horizon de la littérature entre Cros et Rimbaud, et c'est le poeme en prose ; entre Cros et Verlaine, et c'est la naissance du symbolisme, et le coup d'archet d'une musicalité neuve. Je n'entends pas qu'il n'y ait eu, sur l'œuvre de Cros, aucune influence. Il était, par sa précocité, par sa vocation double, aussi : par ce milieu familial insolite et démesuré, - un homme de la culture. Il ouvre les yeux dans le sein d'une bibliothèque. Les langues mortes et les langues étrangères sont ses compagnes enfantines. Peindre, écrire, chercher : voilà ce qui lui est donné comme naturel dès qu'il s'instruit. Son appétit est d'un rêveur, mais qui cela pourrait-il surprendre ? Le père veut instaurer la sagesse et la république. L'un des frères, Antoine, médecin, sera l'empereur de l'Araucanie. L'autre, Henry, par les procédés qu'il invente et les ouvrages qu'il réalise, sera, dans les arts plastiques, l'un des grands pourvoyeurs de ces chimères fin de siècle qui n'ont on s'en aperçoit mieux de jour en jour – pas dit leur dernier mot. Charles, dans cette compagnie fabuleuse, sera l'homme des plus hauts desseins.

Et par cette volonté, dont jamais il ne daignera se

départir, l'ambiguïté menace : les poèmes de lui que nous possédons, il est d'évidence qu'ils tiennent à sa vie intime, qu'ils permettent à demi de déchiffrer son histoire. Ce chant se compose d'un récit sans fin brisé et sans cesse repris. Il serait déloyal, devant les frissons de cette œuvre rompue, d'ignorer les visages, dessous, qui s'ébauchent, s'animent et se défont. Pour autant que l'on en puisse tenir compte (et ceci par manque de renseignements précis), la chronologie des poèmes épouse les heurts de l'existence : la disparate du seul recueil publié du vivant du poète, celui-ci, Le Coffret de santal, *n'est qu'apparente. Mieux encore : il répond, d'une part, à la disparate intime de Cros, et, d'autre part, aux constantes ruptures qu'il s'imposait. Je veux dire que ses vers fuyaient l'intimisme. Il n'était pas dans son intention de se raconter. Il s'était fixé une tâche bien autrement considérable : celle d'anticiper sur la beauté future. Il s'accordait avec les maîtres du Parnasse sur l'écart qu'il fallait maintenir entre le poème et soi :*

Il faut que la beauté, vivante, écrite ou peinte
N'ait rien des soucis du chercheur...

Mais il se reprenait aussitôt, se détournant du temple vide et s'éloignant des idoles mortes : il était à l'écoute de ce qui allait venir, — comme, scientifique sérieux, il prétendait communiquer avec les astres. Cela seul le requérait : ce chant du futur. Dès lors, foin des confidences, des confessions, des discours vains :

...Trêve
Aux mots creux. Je ne montrerai
Rien qui puisse trahir mon rêve...

Il en va du contraire. Tout parle de ce rêve, tout l'avoue, chaque mot porte. Il n'est question que de cela : la beauté nouvelle. La prose du monde s'en irrite. Le poète, las de ne pouvoir se faire entendre, fier incroyablement, entreprend, sinon de se taire, du moins de se masquer. Il le dit, pris à la gorge par les intrigues, les ragots, les vilenies :

> Chez les nuls, qui ne voient qu'hier,
> Le poète, interdit et fier,
> Rêvant l'art de demain, s'efface...

Certes! il ne faut pas oublier les déceptions de Charles Cros. Comment? Il invente la photographie en couleurs, il invente le phonographe! Et c'est en vain! Il sera moqué par des « impies » (au sens littéral du terme). Mieux encore : lorsqu'il publie la première version du Coffret de santal, *l'homme-à-la-bêche, qui est conseillé par France, par Coppée, par Bainville, ce fameux éditeur qu'est Lemerre, fera grise mine et fine bouche. C'est un comble. A peine le recueil voit-il le jour que l'auteur s'empresse aux envois. Il tend l'oreille? C'est le silence. Quelques lignes, oui! dans des revues sans beaucoup d'importance, — et, ces lignes, avec des réserves. Poète maudit? Non. Mais, par avance, oublié. L'exil dans les cabarets de Paris...*

C'est sans doute en ces instants que va régner l'heure verte :

> Comme bercée en un hamac,
> La pensée oscille et tournoie,
> A cette heure où tout estomac
> Dans un flot d'absinthe se noie...

laquelle, dans le silence disert de l'ivresse, va permettre aux « visions » de renaître, de resurgir dans le sillage du vaisseau-piano,

Car cette heure est toute émeraude...

où se fait cette bascule étrange (Rimbaud voyait une mosquée à la place d'une usine) des pavés citadins au feuillu des campagnes :

Les bourgeons poussaient, vapeur verte...

image à la fois obsédante et complémentaire... Cros affectait une extrême méticulosité dans la préparation de son absinthe : l'eau filtrant sur le sucre requérait son attention. Il s'imposait un silence exagéré. Puis, dans l'émeraude réussie, s'ébauchaient sans doute a grands traits les promesses

(Aux pays nouveaux nous trouverons mieux)

d'un avenir vengeur ; comme naissait, dans le crépuscule des buveurs, la promesse d'une aurore victorieuse :

Voici l'aube. Allons! Assez de sommeil!
N'attendons pas ceux qui sont lents à suivre,
Voici que le jour s'est levé vermeil.
Nous vaincrons les nains d'ébène ou de cuivre
Dans les beaux pays chauffés du soleil...

Non pas que je veuille faire de l'alcool un moteur essentiel de l'œuvre de Cros (qui en abusa) —, mais encore faut-il bien voir que les écrivains majeurs de l' « avant-siècle » firent, dans leurs écrits, louange de la liqueur verte et tueuse. Dès lors, l'absinthe peut, tout aussi bien, changer de sens à son tour, devenir symbole, exprimer une volonté de rupture. Nous sommes dans les lendemains de la Commune de Paris (Cros en fut, comme Verlaine, comme Rimbaud, comme — par avance — Isidore Ducasse, un sympathisant), dans la niche de l'Ordre Moral, avec les suites que l'on sait : le scandale de Panama, la réussite de Boulanger, l'Affaire Dreyfus à l'horizon. Nous sommes aussi dans ce creuset où la voix d'hier agonise, et où la voix de demain balbutie. Entendons-nous : cette voix de demain, elle existe déjà, elle trouve là les accents qui la fondent et qui sont parmi les plus beaux de son chant futur, — mais elle n'est pas reconnue ; elle gémit, narquoise, dans les troquets ; elle envahit, avec insolence, les soirées que donnent les Zutistes, les Hydropathes, les Vilains Bonshommes, et l'arrière-salle du Chat Noir; *elle rit, avec des sanglots. Charles Cros, et ce n'est pas le moindre paradoxe, est symboliste avant la lettre. Mais lorsque le symbolisme — dans les faits, dans les publications, dans l'assurance — se construira, ce sera sans Charles Cros !...*

Il faut encore ajouter que Charles Cros est l'un de ceux qui nouèrent avec le mouvement pictural de l'impressionnisme les liens les plus justes et les plus féconds. On a dit souvent qu'il concevait ses descriptions comme autant de dessins aux tracés nets auxquels, ensuite, il ajoutait les couleurs. Je n'ai pas ce même jugement. D'autant que la référence de Cros à la peinture n'est pas générale mais particulière, nommée, manifestement élue : c'est le trajet de l'œuvre d'Édouard Manet. Il n'est pas inutile d'insister sur la démarche de Manet qui consistait à bannir de l'œuvre de beauté les soucis du chercheur, *autant que la référence anecdotique. André Malraux a bien dit que dans — par exemple — le portrait de Clemenceau par Manet jouait un* presque : *Clemenceau n'y est presque pas. Mais le peintre? Il y est pour presque tout, sans y être vraiment. Voilà Cros séduit! Ensuite : Manet maintient les rigueurs, contrairement à Monet qui les dilue. Tel poème du* Coffret de santal, *dédié justement à Manet, démontre l'accord :*

Le vent, tiède éclaireur de l'assaut du printemps,
Soulève un brouillard vert de bourgeons dans les branches.
La pluie et le soleil, le calme et les autans,
Les bois noirs sur le ciel, la neige en bandes blanches,
Alternent. La nature a comme dix-sept ans,
Jeune fille énervée, oscillant sur ses hanches,
Riant, pleurant, selon ses caprices flottants...

Chacun remarquera ce vers plus haut cité :

Soulève un brouillard vert de bourgeons dans les branches.

aussitôt, dans la strophe suivante du même poème répercuté par celui-ci :

Les branches noires sont pleines d'un brouillard vert

qui, l'un et l'autre, font écho à cette obstination sans cesse manifestée et contrariée de l'évocation de la couleur (sinon de l' « *heure* » *) verte. Il est manifeste que Cros, à la fois hautain et blessé, parle de lui malgré lui. Cet écartèlement, dans les poèmes du* Coffret de santal, *ne se voit, je pense, nulle part aussi bien que dans la première des* « *Trois Aquatintes* » *(dédiées, ne l'oublions pas, au frère Henry, le peintre) :*

Au milieu de la nuit, un rêve. Une gare de chemin de fer. Des employés portant des caractères cabalistiques sur leurs casquettes administratives. Des wagons à claire-voie chargés de dames-jeannes en fer battu. Les brouettes ferrées roulent avec des colis qu'on arrime dans les voitures du train...

voici la prose la plus « instantanée » que l'on puisse, alors, dans le siècle, aux côtés de celles produites par Rimbaud, imaginer. On y trouve le raccourci accumulatif. On remarquera que les couleurs font défaut, ce qui semblerait donner raison à ceux qui séparent absolument Manet et Cros. Bien. On y trouve cette griffe rapide dont Jules Vallès fut un grand maître, et qui signifie l'abandon conjoint du cérémonial romantique et classique. La sobriété, le laconisme (celui, peut-être, des « matinaux » de René Char, lesquels, sur le terrain de la philosophie, à l'aube, pensaient par éclairs) y règnent. Mais, soudain, cette aise de parler bref, qui est le chant moderne, se rompt. La « prose », à nouveau, conquiert le terrain.

Les ravissements, les instants où je savais tenir l'univers en ma main royale, ont été bien courts et bien rares.

Voilà pourquoi M. Igitur, héros par ouï-dire hérité de Stéphane Mallarmé le causeur, paraît dans ce texte de Cros pour s'en aller — latéralement —, la prose finie, à la remorque de l'As du docteur Faustroll. Parce que Jarry, lui aussi, a ses racines, pour partie, dans le terreau du digne Charles Cros. La dignité de Charles Cros, voilà qui devrait surprendre et convaincre. Son sérieux. Sa passion. Sa réserve. Il l'a dit, lui-même, de biais (comme toujours) :

...moi, qui suis mourant à toutes les minutes,
Tué par la recherche inquiète et les luttes
Littéraires...

Justement, cette inquiétude, ce sérieux fondent la disparate dont j'ai parlé, et sur le sujet de laquelle généralement l'erreur s'établit : on ne perçoit pas, à moins de bien lire, l'unité qui, chez Cros, soutient une apparence de dispersion. On se dit qu'il fait flèche au hasard, se contentant de prises douteuses qui ne sont pas de ses bois. Ce faisant, on feint d'ignorer son pari véritable, — et sa contradiction. Cros est un poète écartelé. Il est certain qu'il porte le soleil en lui, et jusqu'à son physique l'avoue : cheveux crépelés, teint mat et chaud, voix profonde. Carcassonne est à deux pas de son berceau. Mais voyez-le dans les textes, écoutez sa chanson, relisez la strophe du poème à Manet que j'ai plus haut citée : c'est un tableau, on dirait, de l'école flamande, avec le blanc des neiges et les noirceurs de l'arbre mort, dedans, qui surgit comme un appel du Nord. Romantisme allemand? Oui. Les commentateurs les plus qualifiés ont déclaré que ce mouvement l'influençait. Je le crois. Mais je veux marquer au moins que les poètes allemands qui le convainquent vraiment sont ceux-là justement, comme Heine, comme Wagner (eh! oui), qui se mesurent aux domaines soleilleux, soit qu'ils y consentent, soit qu'ils s'y opposent. Cros descend *vers le Midi dont il est originaire : il y court comme l'arya que sa chanson célèbre, comme le Hun, comme (aussi) Hölderlin qu'il ne connaissait pas... Un médiateur? Sans doute. Et c'est Gérard de Nerval.*

Plusieurs critiques et historiens des lettres, dont Louis Forestier, ont pensé qu'il pouvait y avoir influence, plus ou moins directe, de Nerval sur Cros. Encore une fois : la manière que les poètes ont de réagir à la « vague » du temps échappe aux classifications scolaires. Je ne sais pas exactement si Cros a lu les volumes qui, dans ce temps, groupant les œuvres rassemblées de Nerval, paraissaient, — mais il me semble hors de doute que, de l'un à l'autre, des pensers partagés s'établirent. Il y a, d'abord le goût des chansons du peuple, et des légendes. Vient ensuite l'appel de cette contrée imaginaire qu'est l'Allemagne. Enfin, comment omettre ce goût fondamentalement commun pour les poètes du XVIe *siècle français, dont Nerval s'occupa, et que Cros, par tempérament, recréa? Puis, cet épanchement du songe dans la vie éveillée, n'est-il pas la marque décisive? C'est la Reine des fictions, et c'est aussi le vaisseau-piano : une fantaisie d'allure romantique, mais qui est résolument moderne, et dont l'ironie marque et révèle le tragique. La musiquette de Heine avait des accents étranges à l'oreille de ce Charles Cros dont le chant disait :*

J'ai bâti dans la fantaisie
Un théâtre aux décors divers :
— Magiques palais, grands bois verts —
Pour y jouer ma poésie...

Dans ce décor, comment du Vendômois ne pas, par instant, par éclair, par allusive insistance, reconnaître le blason végétal : la rose, surtout; moins le lys, il est vrai; mais le muguet, avec constance? Et aussi cette idée du temps qui ronge et dont le ravage, par les mots, se peut — au-delà — conjurer :

... ces mots qui parlent de vous, transmis de mémoire en mémoire, feront sans cesse revivre la main souveraine qui a tenu cet éventail et la chair qu'il a caressée de ses battements parfumés

Il est vrai qu'un platonisme certain s'avoue, chez Cros, qui a pour vocation, cet « idéal » (mot d'époque, s'il en fut), de le sauver, et de sauver ses « illuminations » :

ce qui a lui une fois, luit à jamais dans l'absolu...

Villiers de l'Isle-Adam n'est pas très loin. Ni peut-être le tortueux Joris-Karl Huysmans, — car, du Coffret de santal *au* Drageoir aux épices, *il n'y a que le temps d'une ironie un peu lourde... Passons! De Gérard de Nerval à Guillaume Apollinaire, le chaînon nécessaire, c'est celui-ci : la chanson de Charles Cros...*

Il suffit d'ouvrir Le Coffret de santal, *et voilà paraître* la *légende.* Les Palais nomades *de l'ami Gustave Kahn sont en marche par les déserts peuplés de chimères. Le roi d'ici, nous l'avons rencontré au gré des citations : c'est le vent, le vent de couleur verte, qui brise la vision commune et recompose paysages et climats au pays de « fantaisie » :*

On entend dehors la chanson du vent
Jamais terminée,
Légende empruntée à des temps anciens
Plaintive ou lascive...

Qu'apporte le vent? Justement : ce qu'il détruit. Une vision. Le mirage qui est le vrai. La vérité du poète, son utilité foncière, c'est cette idée fulgurante qui le traverse (voilà pour la science), ou bien cette image qui l'habite l'instant d'une brûlure. C'est la plume grinçant sur le papier, — servitude! C'est l'heure, non plus verte, mais propice, hantée :

les visions débarquent dans ma fantaisie

puis anxieuse, laborieuse, conquise :

Je veux donner aux visions inquiètes l'abri du rhythme et de la rime...

Mais quoi? Eh bien! les astres qui sont, dans l'univers, les garants de l'homme. A ce baiser qu'ici je donne, répond un baiser qu'aux jardins de la planète Vénus échangent des amants étrangers et voisins. Puis aussi, l'enfance sauvée :

Avec des rhythmes lents, j'endors ma rêverie
Comme une mère fait de son enfant qui crie...

L'abri du poème? Il perpétue :

Ta silhouette adorable se cambre
Dans ma mémoire...

Mais il inquiète :

Est-ce une vie antérieure
Qui me poursuit de ses parfums?...

Surtout, il est ouvert. Et déchiré. Cros refuse généralement de terminer son poème (au sens formel de l'expression), ou de clore logiquement son recueil. Voyez-le : lorsqu'il publie enfin ce seul livre de poèmes (de son vivant), il y ménage des sections tellement heurtées et provocantes qu'on ne peut, à force, qu'excuser les chroniqueurs de l'époque. Lorsqu'il le reprend, plus tard, et le réédite, loin d'en clarifier l'ordonnance, au contraire il la brouille et l'obscurcit. Il se met dans ses poèmes avec violence, et non moins violemment s'en retire. Il est dans un mouvement contraire, et les rares aveux qu'il consent doivent se lire entre les lignes. De son portrait, il retiendra, dans l'ombre, ce trait :

...moi rêvant
A ces mondes lointains dont je parle souvent...

Puis, ailleurs, avec vivacité :

Ô destruction de quels âpres charmes
Es-tu donc parée?...

D'une façon identique, dans ce volume, amour et désamour se répondent. La science et sa quête, le chant lui-même, voici qu'ils vont être vaincus. L'amour surgit, qui suffit, — qui devrait suffire :

Les mots morts, les nombres austères
Laissaient mes espoirs engourdis;
L'amour m'ouvrit ses paradis
Et l'étreinte de ses panthères...

(c'est une autre histoire, déjà prévisible cependant, celle qui orne de griffes le collier du recueil posthume), qui bouleverse, il est vrai. Mais lisez la Distrayeuse, *où les seins lourds, la femme offerte, ouverte, vêtue de frissons (autre image clé), la nue, tentatrice, fait s'enfuir les visions! L'amour? Mais oui! c'est l'illumination suprême. La mort devrait aussitôt surgir : l'homme se débat dans*

... la peur et le désir
De voir finir, après l'éblouissant plaisir,
Par l'éternelle mort, la nuit tumultueuse

mais il n'en est rien, et l' « idéal » s'il reprend ses droits :

Et, dans l'écrin du souvenir
Précieusement enfermée,
Perle que rien ne peut ternir,
Tu demeures la plus aimée

bientôt succombe à l'érosion fatale du temps qui passe, qui lasse, qui vainc :

L'eau qui chantait s'est prise en glace.
Amour, quel ennui te remplace!

C'est là, me semble-t-il, le tragique propre à Charles Cros, — tragique dont la disparate fondamentale n'est que le reflet. Il voudrait aimer toujours, et que les mots soient autre chose que ce tissu de vent,

Car les choses charnelles meurent,
Ou se fanent à l'air réel,
Mais toujours tes beautés demeurent
Dans leur nimbe immatériel...

Il avait voulu fixer l'apparence des choses, la voix des êtres. Il rêvait à la victoire de l'homme sur le temps ennemi. Il a passé — comme il dit — des portes ouvertes sur l'imaginaire. Le Coffret de santal *rassemble et mélange, sauve et confond quatre visages de femmes : Nina de Villard, sauvagement aimée, qui était brune; Sidonie, énigmatique, inconnue, qui, si l'on en croit les poèmes, était blonde; Mary Hjardemaal, l'épouse; Solange de Ladevignère, morte jeune et dont le fantôme, on le soupçonne, hantait Charles Cros à chaque « heure verte ». Bien sûr, ces quatre visages ne s'avouent véritablement qu'avec la seconde édition du* Coffret de santal : *celle-ci, qui est complète, et jugée, par son auteur, définitive.*

Puis, ces quatre visages à la fin s'épousent étroitement et ne se peuvent plus l'un de l'autre distinguer. Il reste la Reine des fictions. *Je veux dire : ce que Charles Cros savait de la poésie, et qu'il faut maintenant découvrir.*

Hubert Juin.

Le Coffret de santal

A NINA

J'offre ce coffret de santal.

Ton capiteux parfum d'été
Seul, parmi d'autres, est resté.
Quand on fouille au fond de ce coffre,
Sauf quelques fleurs sèches, il n'a
Rien qui ne soit à toi, Nina.
Prends-le ; rends fier celui qui l'offre :

Charles.

PRÉFACE

Bibelots d'emplois incertains,
Fleurs mortes aux seins des almées,
Cheveux, dons de vierges charmées,
Crêpons arrachés aux catins,

Tableaux sombres et bleus lointains,
Pastels effacés, durs camées,
Fioles encore parfumées,
Bijoux, chiffons, hochets, pantins,

Quel encombrement dans ce coffre!
Je vends tout. Accepte mon offre,
Lecteur. Peut-être quelque émoi,

Pleurs ou rire, à ces vieilles choses
Te prendra. Tu paieras, et moi
J'achèterai de fraîches roses.

Chansons perpétuelles

LA VIE IDÉALE

A May.

Une salle avec du feu, des bougies,
Des soupers toujours servis, des guitares,
Des fleurets, des fleurs, tous les tabacs rares,
Où l'on causerait pourtant sans orgies.

Au printemps lilas, roses et muguets,
En été jasmins, œillets et tilleuls
Rempliraient la nuit du grand parc où, seuls
Parfois, les rêveurs fuiraient les bruits gais.

Les hommes seraient tous de bonne race,
Dompteurs familiers des Muses hautaines,
Et les femmes, sans cancans et sans haines,
Illumineraient les soirs de leur grâce.

Et l'on songerait, parmi ces parfums
De bras, d'éventails, de fleurs, de peignoirs,
De fins cheveux blonds, de lourds cheveux noirs,
Aux pays lointains, aux siècles défunts.

NOCTURNE

A Arsène Houssaye.

Bois frissonnants, ciel étoilé,
Mon bien-aimé s'en est allé,
Emportant mon cœur désolé!

Vents, que vos plaintives rumeurs,
Que vos chants, rossignols charmeurs,
Aillent lui dire que je meurs!

Le premier soir qu'il vint ici
Mon âme fut à sa merci.
De fierté je n'eus plus souci.

Mes regards étaient pleins d'aveux.
Il me prit dans ses bras nerveux
Et me baisa près des cheveux.

J'en eus un grand frémissement;
Et puis, je ne sais plus comment
Il est devenu mon amant.

Et, bien qu'il me fût inconnu,
Je l'ai pressé sur mon sein nu
Quand dans ma chambre il est venu.

★

Je lui disais : « Tu m'aimeras
Aussi longtemps que tu pourras! »
Je ne dormais bien qu'en ses bras.

Mais lui, sentant son cœur éteint,
S'en est allé l'autre matin,
Sans moi, dans un pays lointain.

★

Puisque je n'ai plus mon ami,
Je mourrai dans l'étang, parmi
Les fleurs, sous le flot endormi.

Au bruit du feuillage et des eaux,
Je dirai ma peine aux oiseaux
Et j'écarterai les roseaux.

Sur le bord arrêtée, au vent
Je dirai son nom, en rêvant
Que là je l'attendis souvent.

Et comme en un linceul doré,
Dans mes cheveux défaits, au gré
Du flot je m'abandonnerai.

★

Les bonheurs passés verseront
Leur douce lueur sur mon front;
Et les joncs verts m'enlaceront.

Et mon sein croira, frémissant
Sous l'enlacement caressant,
Subir l'étreinte de l'absent.

*

Que mon dernier souffle, emporté
Dans les parfums du vent d'été,
Soit un soupir de volupté!

Qu'il vole, papillon charmé
Par l'attrait des roses de mai,
Sur les lèvres du bien-aimé!

L'ORGUE

A André Gill.

Sous un roi d'Allemagne, ancien,
Est mort Gottlieb le musicien.
On l'a cloué sous les planches.
Hou! hou! hou!
Le vent souffle dans les branches.

Il est mort pour avoir aimé
La petite Rose-de-Mai.
Les filles ne sont pas franches.
Hou! hou! hou!
Le vent souffle dans les branches.

Elle s'est mariée, un jour,
Avec un autre, sans amour.
« Repassez les robes blanches! »
Hou! hou! hou!
Le vent souffle dans les branches.

Quand à l'église ils sont venus,
Gottlieb à l'orgue n'était plus,

Comme les autres dimanches.
Hou! hou! hou!
Le vent souffle dans les branches.

Car depuis lors, à minuit noir,
Dans la forêt on peut le voir
A l'époque des pervenches.
Hou! hou! hou!
Le vent souffle dans les branches.

Son orgue a les pins pour tuyaux.
Il fait peur aux petits oiseaux.
Morts d'amour ont leurs revanches.
Hou! hou! hou!
Le vent souffle dans les branches.

RONDE FLAMANDE

A Mademoiselle Mauté de Fleurville.

Si j'étais roi de la forêt,
Je mettrais une couronne
Toute d'or; en velours bleuet
J'aurais un trône,

En velours bleu, garni d'argent
Comme un livre de prière,
J'aurais un verre en diamant
Rempli de bière,

Rempli de bière ou de vin blanc.
Je dormirais sur des roses.
Dire qu'un roi peut avoir tant
De belles choses.

★

Dire qu'un roi prend quand il veut
La plus belle fille au monde

Dont les yeux sont du plus beau bleu,
Et la plus blonde,

Avec des tresses comme en a
Jusqu'aux genoux, Marguerite.
Si j'étais roi, c'est celle-là
Que j'aurais vite.

★

J'irais la prendre à son jardin,
Sur l'eau, dans ma barque noire,
Mât de nacre et voile en satin,
Rames d'ivoire.

Satin blanc, nacre et câbles d'or...
Des flûtes, des mandolines
Pour bercer la belle qui dort
Sur des hermines!

★

Hermine, agrès d'or et d'argent,
Doux concert, barque d'ébène,
Couronne et verre en diamant...
J'en suis en peine.

Je n'ai que mon cœur de garçon.
Marguerite se contente
D'être ma reine en la chanson
Que je lui chante.

RENDEZ-VOUS

A J. Keck.

Ma belle amie est morte,
Et voilà qu'on la porte
En terre, ce matin,
En souliers de satin.

Elle dort toute blanche,
En robe de dimanche,
Dans son cercueil ouvert
Malgré le vent d'hiver.

Creuse, fossoyeur, creuse
A ma belle amoureuse
Un tombeau bien profond,
Avec ma place au fond.

Avant que la nuit tombe
Ne ferme pas la tombe;
Car elle m'avait dit
De venir cette nuit,

De venir dans sa chambre :
« Par ces nuits de décembre,
Seule, en mon lit étroit,
Sans toi, j'ai toujours froid. »

*

Mais, par une aube grise,
Son frère l'a surprise
Nue et sur mes genoux.
Il m'a dit : « Battons-nous.

Que je te tue. Ensuite
Je tuerai la petite. »
C'est moi qui, m'en gardant,
L'ai tué, cependant.

Sa peine fut si forte
Qu'hier elle en est morte.
Mais, comme elle m'a dit,
Elle m'attend au lit.

*

Au lit que tu sais faire,
Fossoyeur, dans la terre.
Et, dans ce lit étroit,
Seule, elle aurait trop froid.

J'irai coucher près d'elle,
Comme un amant fidèle,
Pendant toute la nuit
Qui jamais ne finit.

ROSES ET MUGUETS

Ronde

Au comte Charles de Montblanc.

Dans le vallon qu'arrose
L'eau courante, j'allais
Un jour cueillir la rose,
La rose et les muguets.

Mon amoureux qui n'ose
Rien me dire, y passait;
Moi je cueillais la rose,
La rose et le muguet.

« Oh vilain! oh morose! »
Au nez je lui riais,
Tout en cueillant la rose,
La rose et les muguets.

Sur l'herbe je me pose
En jetant mon bouquet,
Mon beau bouquet de rose,
De rose et de muguet.

« Dis-moi donc quelque chose!
Les oiseaux sont plus gais
Gazouillant à la rose,
Becquetant les muguets.

N'aye pas peur qu'on glose.
Le lézard fait le guet
Couché sur une rose,
Caché dans le muguet. »

Mais sur ma bouche close
Son baiser me narguait.
« Tes lèvres sont de rose
Et tes dents de muguet. »

Le méchant! Il est cause
(Moi qui tant me moquais!)
Que dans l'eau court ma rose,
Ma rose et mes muguets.

LA DAME EN PIERRE

A Catulle Mendès.

Sur ce couvercle de tombeau
  Elle dort. L'obscur artiste
Qui l'a sculptée a vu le beau
    Sans rien de triste.

Joignant les mains, les yeux heureux
  Sous le voile des paupières,
Elle a des rêves amoureux
    Dans ses prières.

Sous les plis lourds du vêtement,
  La chair apparaît rebelle,
N'oubliant pas complètement
    Qu'elle était belle.

Ramenés sur le sein glacé
  Les bras, en d'étroites manches,
Rêvent l'amant qu'ont enlacé
    Leurs chaînes blanches.

Le lévrier, comme autrefois
   Attendant une caresse,
Dort blotti contre les pieds froids
      De sa maîtresse.

*

Tout le passé revit. Je vois
   Les splendeurs seigneuriales,
Les écussons et les pavois
      Des grandes salles,

Les hauts plafonds de bois, bordés
   D'emblématiques sculptures,
Les chasses, les tournois brodés
      Sur les tentures.

Dans son fauteuil, sans nul souci
   Des gens dont la chambre est pleine,
A quoi peut donc rêver ainsi,
      La châtelaine?

Ses yeux où brillent par moment
   Les fiertés intérieures,
Lisent mélancoliquement
      Un livre d'heures.

*

Quand une femme rêve ainsi
   Fière de sa beauté rare,
C'est quelque drame sans merci
      Qui se prépare.

Peut-être à temps, en pleine fleur,
  Celle-ci fut mise en terre.
Bien qu'implacable, la douleur
    En fut austère.

L'amant n'a pas vu se ternir,
  Au souffle de l'infidèle,
La pureté du souvenir
    Qu'il avait d'elle.

La mort n'a pas atteint le beau.
  La chair perverse est tuée,
Mais la forme est, sur un tombeau,
    Perpétuée.

ROMANCE

A Philippe Burty.

Le bleu matin
Fait pâlir les étoiles.
Dans l'air lointain
La brume a mis ses voiles.
C'est l'heure où vont,
Au bruit clair des cascades,
Danser en rond,
Sur le pré, les Dryades.

Matin moqueur,
Au dehors tout est rose.
Mais dans mon cœur
Règne l'ennui morose.
Car j'ai parfois
A son bras, à cette heure,
Couru ce bois.
Seule à présent j'y pleure.

Le jour paraît,
La brume est déchirée,
Et la forêt
Se voit pourpre et dorée.
Mais, pour railler
La peine qui m'oppresse,
J'entends piailler
Les oiseaux en liesse.

TRANSITION

A Édouard Manet.

Le vent, tiède éclaireur de l'assaut du printemps,
Soulève un brouillard vert de bourgeons dans les branches.
La pluie et le soleil, le calme et les autans,
Les bois noirs sur le ciel, la neige en bandes blanches,
Alternent. La nature a comme dix-sept ans,
Jeune fille énervée, oscillant sur ses hanches,
Riant, pleurant, selon ses caprices flottants.

Pas encor le printemps, mais ce n'est plus l'hiver.
Votre âme, ô ma charmante, a ces heures mêlées.
Les branches noires sont pleines d'un brouillard vert.
Les mots méchants et les paroles désolées,
Sur vos lèvres, bouton d'églantine entr'ouvert,
Cessent à mes baisers. Ainsi les giboulées
Fondent, et le gazon s'émaille à découvert.

Votre moue est changée en rire à mes baisers,
Comme la neige fond, pâle retardataire,

Aux triomphants rayons du soleil. Apaisés,
Vos yeux, qui me jetaient des regards de panthère,
Sont bien doux maintenant. Chère, vous vous taisez
Comme le vent neigeux et froid vient de se taire.
Votre joue et le soir sont tièdes et rosés.

DESTINÉE

A Leconte de Lisle.

Quel est le but de tant d'ennuis?
Nous vivons fiévreux, haletants,
Sans jouir des fleurs au printemps,
Du calme des nuits.

Pourquoi ces pénibles apprêts,
Ces labeurs que le doute froid
Traverse, où nous trouvons l'effroi?
Pour mourir après?

Mais non. L'éternelle beauté
Est le flambeau d'attraction
Vers qui le vivant papillon
Se trouve emporté.

Mais souvent le papillon d'or
Trouve la mort au clair flambeau,
C'est ainsi qu'en plus d'un tombeau
La vérité dort.

Ceux qui suivent retrouvent-ils
Ces pensers éteints au berceau?
Quel ruisseau redit du ruisseau
    Les rhythmes subtils?

L'ARCHET

A Mademoiselle Hjardemaal.

Elle avait de beaux cheveux, blonds
Comme une moisson d'août, si longs
Qu'ils lui tombaient jusqu'aux talons.

Elle avait une voix étrange,
Musicale, de fée ou d'ange,
Des yeux verts sous leur noire frange.

*

Lui, ne craignait pas de rival,
Quand il traversait mont ou val,
En l'emportant sur son cheval.

Car, pour tous ceux de la contrée,
Altière elle s'était montrée,
Jusqu'au jour qu'il l'eut rencontrée.

*

L'amour la prit si fort au cœur,
Que pour un sourire moqueur,
Il lui vint un mal de langueur.

Et dans ses dernières caresses :
« Fais un archet avec mes tresses,
Pour charmer tes autres maîtresses. »

Puis, dans un long baiser nerveux,
Elle mourut. Suivant ses vœux,
Il fit l'archet de ses cheveux.

*

Comme un aveugle qui marmonne,
Sur un violon de Crémone
Il jouait, demandant l'aumône.

Tous avaient d'enivrants frissons
A l'écouter. Car dans ces sons
Vivaient la morte et ses chansons.

*

Le roi, charmé, fit sa fortune.
Lui, sut plaire à la reine brune
Et l'enlever au clair de lune.

Mais, chaque fois qu'il y touchait
Pour plaire à la reine, l'archet
Tristement le lui reprochait.

*

Au son du funèbre langage,
Ils moururent à mi-voyage.
Et la morte reprit son gage.

Elle reprit ses cheveux, blonds
Comme une moisson d'août, si longs
Qu'ils lui tombaient jusqu'aux talons.

L'ÉTÉ

A Laure Bernard.

C'est l'été. Le soleil darde
Ses rayons intarissables
Sur l'étranger qui s'attarde
Au milieu des vastes sables.

Comme une liqueur subtile
Baignant l'horizon sans borne,
L'air qui du sol chaud distille
Fait trembloter le roc morne.

Le bois des arbres éclate.
Le tigre rayé, l'hyène,
Tirant leur langue écarlate,
Cherchent de l'eau dans la plaine.

Les éléphants vont en troupe,
Broyant sous leurs pieds les haies
Et soulevant de leur croupe
Les branchages des futaies.

Il n'est pas de grotte creuse
Où la chaleur ne pénètre,
Aucune vallée ombreuse
Où de l'herbe puisse naître.

Au jardin, sous un toit lisse
De bambou, Sitâ sommeille:
Une moue effleure et plisse
Parfois sa lèvre vermeille.

Sous la gaze, d'or rayée,
Où son beau corps s'enveloppe,
En s'étirant, l'ennuyée
Ouvre ses yeux d'antilope.

Mais elle attend, sous ce voile
Qui trahit sa beauté nue,
Qu'au ciel la première étoile
Annonce la nuit venue.

Déjà le soleil s'incline
Et dans la mer murmurante
Va, derrière la colline,
Mirer sa splendeur mourante.

Et la nature brûlée
Respire enfin. La nuit brune
Revêt sa robe étoilée,
Et, calme, apparaît la lune.

CHANT ÉTHIOPIEN

A Émile Wroblewski.

Apportez-moi des fleurs odorantes,
Pour me parer, compagnes errantes,
Pour te charmer, ô mon bien-aimé.
Déjà le vent s'élève embaumé.

Le vent du soir fait flotter vos pagnes.
Dans vos cheveux, pourquoi, mes compagnes,
Entrelacer ces perles de lait?
Mon cou — dit-il — sans perles lui plaît.

Mon cou qu'il prend entre ses bras souples
Frémit d'amour. Nous voyons par couples,
Tout près de nous, entre les roseaux,
Dans le muguet, jouer les oiseaux.

Le blanc muguet fait des perles blanches.
Mon bien-aimé rattache à mes hanches
Mon pagne orné de muguet en fleur;
Mes dents — dit-il — en ont la pâleur.

Mes blanches dents et mon sein qui cède
Mes longs cheveux, lui seul les possède.
Depuis le soir où son œil m'a lui,
Il est à moi; moi je suis à lui.

LI-TAÏ-PÉ

A Ernest Cabaner.

Mille étés et mille hivers
Passeront sur l'univers,
Sans que du poète-dieu
Li-taï-pé meurent les vers,
Dans l'Empire du milieu.

*

Sur notre terre exilé,
Il contemplait désolé
Le ciel, en se souvenant
Du beau pays étoilé
Qu'il habite maintenant.

Il abaissait son pinceau;
Et l'on voyait maint oiseau
Écouter, en voletant
Parmi les fleurs du berceau,
Le poète récitant.

Sur le papier jaune et vert
De mouches d'argent couvert,
Fins et noirs pleuvaient les traits.
Tel, sur la neige, en hiver,
Le bois mort dans les forêts.

*

Il n'est de soupirs du vent,
De clameurs du flot mouvant
Qui soient si doux que les sons
Que le poète, rêvant,
Savait mettre en ses chansons.

Aromatiques senteurs
Dont s'embaument les hauteurs,
Thym, muguet, roses, jasmin,
Comme en des rêves menteurs,
Naissaient sous sa longue main.

*

A présent, il est auprès
De Fo-hi, dans les prés frais,
Où les sages s'en vont tous,
A l'ombre des grands cyprès,
Boire et rire avec les fous.

LE BUT

A Henri Ghys

Le long des peupliers je marche, le front nu,
Poitrine au vent, les yeux flagellés par la pluie,
Je m'avance hagard vers le but inconnu.

Le printemps a des fleurs dont le parfum m'ennuie,
L'été promet, l'automne offre ses fruits, d'aspects
Irritants; l'hiver blanc, même, est sali de suie.

Que les corbeaux, trouant mon ventre de leurs becs,
Mangent mon foie, où sont tant de colères folles,
Que l'air et le soleil blanchissent mes os secs,

Et, surtout, que le vent emporte mes paroles!

CONCLUSION

A Maurice Rollinat.

J'ai rêvé les amours divins,
L'ivresse des bras et des vins,
L'or, l'argent, les royaumes vains,

Moi, dix-huit ans, Elle, seize ans.
Parmi les sentiers amusants
Nous irions sur nos alezans.

Il est loin le temps des aveux
Naïfs, des téméraires vœux!
Je n'ai d'argent qu'en mes cheveux.

Les âmes dont j'aurais besoin
Et les étoiles sont trop loin.
Je vais mourir soûl, dans un coin.

LENDEMAIN

A Henri Mercier.

Avec les fleurs, avec les femmes,
Avec l'absinthe, avec le feu,
On peut se divertir un peu,
Jouer son rôle en quelque drame.

L'absinthe bue un soir d'hiver
Éclaire en vert l'âme enfumée,
Et les fleurs, sur la bien-aimée
Embaument devant le feu clair.

Puis les baisers perdent leurs charmes,
Ayant duré quelques saisons.
Les réciproques trahisons
Font qu'on se quitte un jour, sans larmes.

On brûle lettres et bouquets
Et le feu se met à l'alcôve,
Et, si la triste vie est sauve,
Restent l'absinthe et ses hoquets.

Les portraits sont mangés des flammes:
Les doigts crispés sont tremblotants...
On meurt d'avoir dormi longtemps
Avec les fleurs, avec les femmes.

CROQUIS D'HOSPITALITÉ

A Démètre Perticari.

Des parfums, des fleurs, des schalls, des colliers
Dans un château vaste.
Des amants heureux sur tous les paliers,
Gens de haute caste.
Des jambons jaunis, séchant sous l'auvent
De la cheminée.
(On entend dehors la chanson du vent
Jamais terminée,
Légende empruntée à des temps anciens
Plaintive ou lascive.)
Des chats, doux aux mains, de rudes grands chiens,
On fait la lessive.
Dans un coin, parmi les arcs, les filets,
Les guêtres verdies,
Des faisans rouillés, des geais violets,
Plumes refroidies.
Des poissons luisant bleus sous le fil gris
De la carnassière

Dont s'embaumeront casseroles, grils,
Vapeurs de soupière.

Et puis, à souper, tout le monde est gris
De vin et de bière.

LES QUATRE SAISONS

A Coquelin Cadet.

Au printemps, c'est dans les bois nus
Qu'un jour nous nous sommes connus.

Les bourgeons poussaient, vapeur verte.
L'amour fut une découverte.

Grâce aux lilas, grâce aux muguets,
De rêveurs nous devînmes gais.

Sous la glycine et le cytise,
Tous deux seuls, que faut-il qu'on dise?

Nous n'aurions rien dit, réséda,
Sans ton parfum qui nous aida.

II

En été les lis et les roses
Jalousaient ses tons et ses poses,

La nuit, par l'odeur des tilleuls
Nous nous en sommes allés seuls.

L'odeur de son corps, sur la mousse,
Est plus enivrante et plus douce.

En revenant le long des blés,
Nous étions tous deux bien troublés.

Comme les blés que le vent frôle,
Elle ployait sur mon épaule.

III

L'automne fait les bruits froissés
De nos tumultueux baisers.

Dans l'eau tombent les feuilles sèches
Et, sur ses yeux, les folles mèches.

Voici les pêches, les raisins,
J'aime mieux sa joue et ses seins.

Que me fait le soir triste et rouge,
Quand sa lèvre boudeuse bouge?

Le vin qui coule des pressoirs
Est moins traître que ses yeux noirs.

IV

C'est l'hiver. Le charbon de terre
Flambe en ma chambre solitaire.

La neige tombe sur les toits,
Blanche ! Oh, ses beaux seins blancs et froids !

Même sillage aux cheminées
Qu'en ses tresses disséminées.

Au bal, chacun jette, poli,
Les mots féroces de l'oubli.

L'eau qui chantait s'est prise en glace.
Amour, quel ennui te remplace !

CHANSON DE ROUTE ARYA

Fiers sur nos chevaux, tribu souveraine
Poussons devant nous les troupeaux bêlants,
Les bœufs mugissants. Que chacun emmène,
Enlacée à lui de ses beaux bras blancs,
L'amoureuse. Car la halte est prochaine.

Partis du pays des hauts pics neigeux,
Des vallons mouillés par les sources vives,
Nous en emportons les rires, les jeux,
Les frais souvenirs, sans chansons plaintives.
Aux pays nouveaux nous trouverons mieux.

Esclaves, hâtez la marche endormante
Des troupeaux. L'agneau sait téter alors
Que la brebis court en broutant la menthe.
De vos aiguillons piquez les bœufs forts,
Les bœufs paresseux que le taon tourmente.

Mais on ralentit l'allure, à travers
Les bois; on descend de cheval; et, blanches,
Nos filles s'en vont dans les buissons verts,
Les cheveux au vent, écartant les branches,
Cherchant avec nous des chemins ouverts.

Posant leurs pieds blancs sur les feuilles sèches,
Elles font tinter autour de leurs cous
Et sur leurs beaux seins, doux comme les pêches,
L'or et l'argent fins, sonores bijoux.
Ainsi nous marchons dans les forêts fraîches.

Voici l'aube. Allons! Assez de sommeil!
N'attendons pas ceux qui sont lents à suivre,
Voici que le jour s'est levé vermeil.
Nous vaincrons les nains d'ébène ou de cuivre
Dans les beaux pays chauffés du soleil.

Et les nains, sachant nos cœurs indomptables,
Seront conducteurs et graisseurs tremblants
De nos chariots, nettoyeurs d'étables,
Pour garder vos doigts rosés, vos bras blancs
Filles de sang pur, aux yeux désirables.

Aux peuples soumis, à terre ployés
Les soins du labour et du pâturage.
Nous sur les hauteurs et dans les halliers
Consultant le vent, les bruits du feuillage,
Combattons les loups et les sangliers.

Laissons les troupeaux brouter dans la plaine.
Ne tuez jamais les douces brebis,
Car nous leur prenons le lait et la laine.
La vache offre aussi le lait de ses pis.
Réjouissons-nous quand la vache est pleine.

Le lait rend joyeux les roses enfants
Qui font oublier la pensée amère.
Du lait nous faisons les fromages blancs,
Piquants, bons avec le vin et la bière.
Ne tuez jamais la vache aux beaux flancs.

Les bœufs mugissants ont la lente allure
Qui laisse dormir dans les chariots
Nos enfants, parmi la chaude fourrure.
Respectez les bœufs, aussi les taureaux
Fécondeurs jaloux, puissants d'encolure.

Le soir nous rentrons de la chasse, fiers
Du gibier conquis. Le chevreuil, le lièvre,
Le sanglier noir, odorantes chairs
Et les tourdes gras, nourris de genièvre
Rôtissent, fumants, devant les feux clairs.

Les femmes alors nous montrent contentes
La laine et le lin qu'elles ont filés,
Pendant que jouaient, à l'ombre des tentes,
Les enfants bruyants, aux yeux éveillés
Sous le buisson roux des boucles flottantes.

Aux repas du soir, avant le repos,
Alors que sont cuits les lièvres, les tourdes,
Quand la bière d'or mousse dans les pots,
Quand le vin vermeil sonne dans les gourdes,
On chante les faits des anciens héros.

La lueur des feux, les rayons de lune
Éclairent, la nuit, vos souples contours,
Filles de sang pur. Ô vous, que chacune
A chacun de nous donne ses amours,
Et livre son corps blanc, dans la nuit brune.

Il fait mal celui qui, loin des amis
Se glisse, oublieux de nos lois hautaines,
Sous les chariots où sont endormis
Nos fils purs, et va, la nuit vers les naines
Filles sans beauté des peuples soumis.

De là, les enfants mêlés, détestables,
Serviteurs mauvais de nos enfants purs,
Qui, multipliés ainsi que les sables
Feront révolter, dans les jours futurs,
Les peuples soumis, nettoyeurs d'étables.

Donc, il faut chasser les instincts troublants
Et laisser entre eux s'unir les esclaves,
Graisseurs des moyeux, piqueurs des bœufs lents,
Tandis que, le soir, nos filles suaves
S'enlacent à nous de leurs beaux bras blancs.

En route, à cheval, tribu souveraine,
Héros descendus des hauts pics neigeux;
Filles aux pieds blancs que chacun emmène!
Nous retrouverons les rires, les jeux,
Et l'amour ce soir; la halte est prochaine.

LE FLEUVE

A M. Ernest Legouvé.

Ravi des souvenirs clairs de l'eau dont s'abreuve
La terre, j'ai conçu cette chanson du Fleuve.

Derrière l'horizon sans fin, plus loin, plus loin
Les montagnes, sur leurs sommets que nul témoin
N'a vus, condensent l'eau que le vent leur envoie.
D'où le glacier, sans cesse accru, mais qui se broie
Par la base et qui fond en rongeant le roc dur.
Plus bas, non loin des verts sapins, le rire pur
Des sources court parmi les mousses irisées
Et sur le sable fin pris aux roches usées.
Du ravin de là-bas sort un autre courant,
Et mille encore. Ainsi se grossit le torrent
Qui descend vers la plaine et commence le Fleuve.

Mais l'eau court trop brutale et d'une ardeur trop neuve
Pour féconder le sol. Sur ces bords déchirés,
Aubépines, lavande et thym, genêts dorés
Trouvent seuls un abri dans les fentes des pierres.

Voici que le torrent heurte en bas les barrières
De sable et de rochers par lui-même traînés.
C'est la plaine. Il s'y perd en chemins détournés
Qui calment sa fureur. Et quelques petits arbres
Suivent l'eau qui bruit sur les grès et les marbres.
Ces collines, derniers remous des monts géants,
Flots figés du granit coulant en océans,
Ces coteaux, maintenant verts, se jaspent de taches
Blanches et rousses qui marchent. Ce sont les vaches
Ou plus près, le petit bétail. Le tintement
Des clochettes se mêle au murmure endormant
De l'eau.

Les peupliers pointus aiment les rives
Plates. Voici déjà que leurs files passives
Escortent çà et là le Fleuve calme et fort.

Les champs sont possédés par les puissants. Au bord
Ceux qui n'ont pas l'espoir des moissons vont en foule
Attendre l'imprévu qu'apporte l'eau qui coule :
Paillettes d'or, saphirs, diamants et rubis,
Que les roches, après tant d'orages subis,
Abandonnent du fond de leur masse minée,
Sous l'influx caressant de l'eau froide, obstinée.
Que de sable lavé, que de rêves promis,
Pour qu'un peu d'or, enfin, reste au fond du tamis!
Prends ton bâton, chercheur! La ville n'est pas proche,
Et d'obliques regards ont pesé ta sacoche.

D'autres, durs au travail sèment en rond les plombs
Des grands filets; l'argent frétillant des poissons
Gonfle la trame grise, apportant l'odeur fraîche
Et fade qui s'attache aux engins de la pêche.
Mais le gain est précaire, et plus d'un écumeur
Descend, cadavre enflé, dans le flot endormeur.

Le fleuve emporte tout, d'ailleurs. Car de sa hache
Le bûcheron, tondeur des montagnes, arrache
Les sapins des hauteurs, qu'il confie au courant;
Et, plus bas, la scierie industrieuse prend
Ces arbres, et, le Fleuve étant complice encore,
Les dépèce, malgré leur révolte sonore.

Puis la plaine avec ses moissons, puis les hameaux
D'où viennent s'abreuver, au bord, les animaux :
Bœufs, chevaux; tandis qu'en amont, les lavandières
Font claquer leurs battoirs sur le linge et les pierres,
Ou bien plongent leurs bras nacrés dans l'eau qui court,
Et, montrant leurs pieds nus, le jupon troussé court,
Chantent une chanson où le roi les épouse.
Chanson, pieds nus, bras blancs, font que ce gars en blouse
Distrait, laisse aller seul son cheval fatigué,
Fumant, poitrail dans l'eau, par les courbes du gué.

Ces feuillages, en plein courant, couvrent quelqu'île
Qu'on voudrait posséder, pour y rêver tranquille.

Puis des collines à carreaux irréguliers,
Des petits bois; plus près de l'eau, les peupliers
Et les saules. Le Fleuve élargi, moins rapide,
S'emplit de nénuphars, de joncs. Dans l'or fluide
Du soir, les moucherons valsent.
Mais, rapprochés,
Maintenant les coteaux s'élèvent. Des rochers
Interrompent souvent les cultures en pente.
Tout le pays pierreux, où le Fleuve serpente
Nourrit, pauvre et moussu, la ronce et le bandit.
Le courant étranglé dans les ravins, bondit
Sur les roches, ou bien dort dans les trous qu'il creuse

Mais l'eau n'interrompt pas sa course aventureuse
Malgré tant de travaux et de sommeils. Voici
La brèche ouverte sur l'horizon obscurci
Par la poussière d'eau. Le lit de pierre plate
Finit brusque, et le flot, pesante nappe, éclate
En un rugissement perpétuel. En bas,
Les rocs éparpillés comme après des combats
De titans, brisent l'eau sur leurs arêtes dures.
Au loin, tout est mouillé. L'audace des verdures
Plantureuses encadre et rompt souvent l'éclat
De la chute écumeuse.

Ici le pays plat
Étale encor ses prés, ses moissons. Des rivières,
Venant on ne sait d'où, capricieuses, fières
Courent les champs, croyant qu'elles vivront toujours
Dans la parure en fleur de leur jeune parcours.
Mais le Fleuve vainqueur les arrête au passage,
Et fait taire ce rire en son cours vaste et sage.

Aux rives les hameaux se succèdent pareils.

Puis, voici l'industrie aux discordants réveils.
Les rossignols, troublés par le bruit et la suie
Des usines, s'en vont vers les bois frais qu'essuie
La pluie et qu'au matin parfume le muguet.
Le soleil luit toujours mais l'homme fait le guet.
Voilà qu'il a bâti des quais et des écluses;
Et les saules cendrés, méfiants de ces ruses,
Et les peupliers fiers ne vont pas jusque-là.
Ces coteaux profanés, d'où le loup s'en alla,
S'incrustent de maisons blanches et de fabriques
Qui dressent gravement leurs hauts tuyaux de briques.

Sur le Fleuve tranquille, égayant le tableau,
Les jeunes hommes, forts et beaux, qui domptent l'eau,
Oublieux, en ramant, de l'intrigue servile,
S'en vont, joyeux, avec des femmes.

C'est la ville,
La ville immense avec ses cris hospitaliers.
L'eau coule entre les quais corrects. Des escaliers
Mènent aux profondeurs glauques du suicide.
A la paroi moussue un gros anneau s'oxide,
Pour celui qui se noie inaccessible espoir.

Ligne capricieuse et noire sur le soir
Verdâtre, les maisons, les palais en étages
Se constellent. Au port, les ventes, les courtages
Sont finis. Le jour baisse, et les chauves-souris
Voltigent lourdement, poussant des petits cris.
Ces vieux quais oubliés sur leurs pierres disjointes
Supportent des maisons grises aux toits en pointes.
Là, sèchent des chiffons que de leurs maigres bras
Les femmes pauvres ont rincés. En bas, des rats.

Le flot profond, serré par les piles massives
Du pont, court plus féroce, et les pierres passives
Se laissent émietter par l'eau, tranquillement.
On voit s'allumer moins d'astres au firmament
Que de lumières sur les quais et dans les rues
Pleines du bruit des voix, des bals gais, parcourues
Par les voitures.

Seul, le Fleuve ne rit pas
Sous les chalands ventrus et lourds. D'ailleurs, en bas,
L'égout vomit l'eau noire aux affreuses écumes,
Roulant des vieux souliers, des débris de légumes,
Des chiens, des chats pourris qu'emmène le courant,

Souillure sans effet dans le Fleuve si grand
Dont la lune, œil d'argent, paillette la surface.
Mais, qu'importe la vie humaine à l'eau qui passe
Les ordures, la foule immense et les bals gais?
L'eau ne s'attarde pas à ces choses.
Les gués
Sont rompus, maintenant, en aval de la ville.
L'homme a dragué le lit du Fleuve, plus docile
Depuis qu'il est si large et si profond.
La mer
Aux bateaux goudronnés laisse un parfum amer
Qui parle des pays lointains où le vent mène.
Le Fleuve, insoucieux de l'industrie humaine.
Continue à travers la campagne. La nuit
S'avance triomphante et constellée, au bruit
Des feuilles que l'air frais emperle de rosée.

Puis, au matin, encore une ville posée
Dans la plaine, bijou de perle sur velours
Vert, dont tous ces coteaux imitent les plis lourds;
Des fermes aux grands toits, bas et moussus, tapies
Au bord des prés sans fin où voltigent les pies,
Richesses qu'à mi-voix ce paysan pensif
Évalue en fouettant son vieux mulet poussif.

Le Fleuve s'élargit toujours, tant, que les rives
Perdent vers l'horizon leurs lignes fugitives.
Les coteaux abaissés, le ciel agité, l'air
Murmurant et salé, proclament que la mer
Est là, terme implacable à la folle équipée
De l'eau, qui vers le ciel chaud s'était échappée.

La mer demande tout fantasque, et puis, parfois
Refuse les tributs du Fleuve, limon, bois,

Cadavres, rocs brisés, qu'aux montagnes lointaines,
Aux terres grasses, aux hameaux, aux vastes plaines,
Il a volé, voulant rassasier la mer.
Et tout s'entasse, obstacle au Fleuve. L'homme fier
Trouve ici les débris distincts de chaque année,
Aux temps obscurs où sa race n'était pas née.

Tout le pays est gai. De loin le chant des coqs
Fend la brume. Voici les bassins et les docks,
Les cris des cabestans, les barques amarrées
D'où mille portefaix enlèvent les denrées,
Ballots, tonneaux, métaux en barres, tas de blés.
Aux cabarets fumeux, les marins attablés
Se menacent, avec des jurons exotiques.
On trouve tous les fruits lointains dans les boutiques.

L'eau du Fleuve s'arrête, un peu troublée, avant
De se perdre, innommée, en l'infini mouvant.

C'est comme une bataille en ligne régulière :
Escadrons au galop, soulevant la poussière,
Les vagues de la mer arrivent à grands bruits,
Blanches d'écume, ayant des airs vainqueurs, et puis
S'en retournent, efforts que le Fleuve repousse
Avec ses petits flots audacieux d'eau douce.
La mer fuit, mais emporte et disperse à jamais,
Rang par rang, tous ces flots, fils des lointains sommets.

★

Muse hautaine, Muse aux yeux clairs, sois bénie!
Malgré tes longs dédains, ma chanson est finie;
Car tu m'as consolé de tous les bruits railleurs;
Tu m'as montré, parmi mes souvenirs meilleurs,
Des lueurs pour teinter l'eau qui court et gazouille,

L'eau fraîche où, vers le soir, l'hirondelle se mouille.
Et j'ai suivi ses flots jusqu'à la grande mer.

Qu'on se lise entre amis ce chant tranquille et fier,
Dans les moments de fièvre et dans les jours d'épreuve
Qu'on endorme son cœur aux murmures du Fleuve.

Passé

SONNET CABALISTIQUE

Dans notre vie âcre et fiévreuse
Ta splendeur étrange apparaît,
Phare altier sur la côte affreuse;
Et te voir est joie et regret.

Car notre âme que l'ennui creuse
Cède enivrée à ton attrait,
Et te voudrait la reine heureuse
D'un monde qui t'adorerait.

Mais tes yeux disent, Sidonie,
Dans leur lumineuse ironie
Leur mélancolique fierté.

Qu'à ton front, d'où l'or fin rayonne,
Il suffit d'avoir la couronne
De l'idéale royauté.

MATIN

Voici le matin bleu. Ma rose et blonde amie
Lasse d'amour, sous mes baisers, s'est endormie.
Voici le matin bleu qui vient sur l'oreiller
Éteindre les lueurs oranges du foyer.

L'insoucieuse dort. La fatigue a fait taire
Le babil de cristal, les soupirs de panthère,
Les voraces baisers et les rires perlés.
Et l'or capricieux des cheveux déroulés
Fait un cadre ondoyant à la tête qui penche.
Nue et fière de ses contours, la gorge blanche
Où, sur les deux sommets, fleurit le sang vermeil,
Se soulève et s'abaisse au rhythme du sommeil.

La robe, nid de soie, à terre est affaissée.
Hier, sous des blancheurs de batiste froissée
La forme en a jailli libre, papillon blanc,
Qui sort de son cocon, l'aile collée au flanc.

A côté, sur leurs hauts talons, sont les bottines
Qui font aux petits pieds ces allures mutines,

Et les bas, faits de fils de la vierge croisés,
Qui prennent sur la peau des chatoiements rosés.

Épars dans tous les coins de la chambre muette
Je revois les débris de la fière toilette
Qu'elle portait, quand elle est arrivée hier
Tout imprégnée encor des senteurs de l'hiver.

SONNET D'OARISTYS

Tu me fis d'imprévus et fantasques aveux
Un soir que tu t'étais royalement parée,
Haut coiffée, et ruban ponceau dans tes cheveux
Qui couronnaient ton front de leur flamme dorée.

Tu m'avais dit « Je suis à toi si tu me veux »;
Et, frémissante, à mes baisers tu t'es livrée.
Sur ta gorge glacée et sur tes flancs nerveux
Les frissons de Vénus perlaient ta peau nacrée.

L'odeur de tes cheveux, la blancheur de tes dents,
Tes souples soubresauts et tes soupirs grondants,
Tes baisers inquiets de lionne joueuse

M'ont, à la fois, donné la peur et le désir
De voir finir, après l'éblouissant plaisir,
Par l'éternelle mort, la nuit tumultueuse.

L'HEURE VERTE

Comme bercée en un hamac.
La pensée oscille et tournoie,
A cette heure où tout estomac
Dans un flot d'absinthe se noie.

Et l'absinthe pénètre l'air.
Car cette heure est toute émeraude.
L'appétit aiguise le flair
De plus d'un nez rose qui rôde.

Promenant le regard savant
De ses grands yeux d'aigues-marines,
Circé cherche d'où vient le vent
Qui lui caresse les narines.

Et, vers des dîners inconnus,
Elle court à travers l'opale
De la brume du soir. Vénus
S'allume dans le ciel vert-pâle.

SOUVENIRS D'AVRIL

Le rhythme argentin de ta voix
Dans mes rêves gazouille et tinte.
Chant d'oiseau, bruit de source au bois,
Qui réveillent ma joie éteinte.

Mais les bois n'ont pas de frissons,
Ni les harpes éoliennes,
Qui soient si doux que tes chansons,
Que tes chansons tyroliennes.

★

Parfois le vent m'apporte encor
L'odeur de ta blonde crinière,
Et je revois tout le décor
D'une folle nuit printanière;

D'une des nuits, où tes baisers
S'entremêlaient d'historiettes,
Pendant que de tes doigts rosés
Tu te roulais des cigarettes;

Où ton babil, tes mouvements
Prenaient l'étrange caractère
D'inquiétants miaulements,
De mordillements de panthère.

★

Puis tu livrais tes trésors blancs
Avec des poses languissantes...
Le frisson emperlait tes flancs
Émus des voluptés récentes.

★

Ainsi ton image me suit,
Réconfort aux heures glacées,
Sereine étoile de la nuit
Où dorment mes splendeurs passées.

Ainsi, dans les pays fictifs
Où mon âme erre vagabonde,
Les fonds noirs de cyprès et d'ifs,
S'égayent de ta beauté blonde.

★

Et, dans l'écrin du souvenir
Précieusement enfermée,
Perle que rien ne peut ternir,
Tu demeures la plus aimée.

TRIOLETS FANTAISISTES

Sidonie a plus d'un amant,
C'est une chose bien connue
Qu'elle avoue, elle, fièrement.
Sidonie a plus d'un amant
Parce que, pour elle, être nue
Est son plus charmant vêtement.
C'est une chose bien connue,
Sidonie a plus d'un amant.

Elle en prend à ses cheveux blonds
Comme, à sa toile, l'araignée
Prend les mouches et les frelons.
Elle en prend à ses cheveux blonds.
Vers sa prunelle ensoleillée
Ils volent, pauvres papillons.
Comme, à sa toile, l'araignée
Elle en prend à ses cheveux blonds.

Elle en attrape avec les dents
Quand le rire entr'ouvre sa bouche
Et dévore les imprudents.
Elle en attrape avec les dents.

Sa bouche, quand elle se couche,
Reste rose et ses dents dedans.
Quand le rire entr'ouvre sa bouche
Elle en attrape avec les dents.

Elle les mène par le nez,
Comme fait, dit-on, le crotale
Des oiseaux qu'il a fascinés.
Elle les mène par le nez.
Quand dans une moue elle étale
Sa langue à leurs yeux étonnés,
Comme fait, dit-on, le crotale
Elle les mène par le nez.

Sidonie a plus d'un amant,
Qu'on le lui reproche ou l'en loue
Elle s'en moque également.
Sidonie a plus d'un amant.
Aussi, jusqu'à ce qu'on la cloue
Au sapin de l'enterrement,
Qu'on le lui reproche ou l'en loue,
Sidonie aura plus d'un amant.

SCHERZO

Sourires, fleurs, baisers, essences,
Après de si fades ennuis,
Après de si ternes absences,
Parfumez le vent de mes nuits!

Illuminez ma fantaisie,
Jonchez mon chemin idéal,
Et versez-moi votre ambroisie,
Longs regards, lys, lèvres, santal!

*

Car j'ignore l'amour caduque
Et le dessillement des yeux,
Puisqu'encor sur ta blanche nuque
L'or flamboie en flocons soyeux.

Et cependant, ma fière amie,
Il y a longtemps, n'est-ce pas?
Qu'un matin tu t'es endormie,
Lasse d'amour, entre mes bras.

*

Ce ne sont pas choses charnelles
Qui font ton attrait non pareil,
Qui conservent à tes prunelles
Ces mêmes rayons de soleil.

Car les choses charnelles meurent,
Ou se fanent à l'air réel.
Mais toujours tes beautés demeurent
Dans leur nimbe immatériel.

*

Ce n'est plus l'heure des tendresses
Jalouses, ni des faux serments.
Ne me dis rien de mes maîtresses,
Je ne compte pas tes amants.

*

A toi, comète vagabonde
Souvent attardée en chemin,
Laissant ta chevelure blonde
Flotter dans l'éther surhumain,

Qu'importent quelques astres pâles
Au ciel troublé de ma raison,
Quand tu viens à longs intervalles
Envelopper mon horizon?

*

Je ne veux pas savoir quels pôles
Ta folle orbite a dépassés,
Tends-moi tes seins et tes épaules;
Que je les baise, c'est assez.

SONNET

A Madame N.

Je voudrais, en groupant des souvenirs divers,
Imiter le concert de vos grâces mystiques.
J'y vois, par un soir d'or où valsent les moustiques,
La libellule bleue effleurant les joncs verts;

J'y vois la brune amie à qui rêvait en vers
Celui qui fit le doux cantique des cantiques;
J'y vois ces yeux qui, dans des tableaux encaustiques,
Sont, depuis Cléopâtre, encore grands ouverts.

Mais, l'opulent contour de l'épaule ivoirine,
La courbe des trésors jumeaux de la poitrine,
Font contraste à ce frêle aspect aérien;

Et, sur le charme pris aux splendeurs anciennes,
La jeunesse vivante a répandu les siennes
Auprès de qui cantique ou tableau ne sont rien.

MADRIGAL

Sur un carnet d'ivoire

Mes vers, sur les lames d'ivoire
De votre carnet, font semblant
D'imiter la floraison noire
Des cheveux sur votre cou blanc.

Il faudrait d'immortelles strophes
A votre charme triomphal,
Quand dans un tourbillon d'étoffes
Vous entrez follement au bal.

Le sein palpite sous la gaze
Et, fermés à demi, les yeux
Voilent leurs éclairs de topaze
Sous la frange des cils soyeux.

Willis parisienne, empreinte
D'un charme inquiétant, mais doux,
J'attends, voluptueuse crainte,
La mort, si je valse avec vous.

SOIR

Je viens de voir ma bien-aimée
Et vais au hasard, sans desseins,
La bouche encor tout embaumée
Du tiède contact de ses seins.

Mes yeux voient à travers le voile
Qu'y laisse le plaisir récent,
Dans chaque lanterne une étoile,
Un ami dans chaque passant.

Chauves-souris disséminées,
Mes tristesses s'en vont en l'air
Se cacher par les cheminées,
Noires, sur le couchant vert-clair.

Le gaz s'allume aux étalages...
Moi, je crois, au lieu du trottoir,
Fouler sous mes pieds les nuages
Ou les tapis de son boudoir.

Car elle suit mes courses folles,
Et le vent vient me caresser
Avec le son de ses paroles
Et le parfum de son baiser.

RÉPONSE

Ce que je te suis te donne du doute?
Ma vie est à toi, si tu la veux, toute.
Et loin que je sois maître de tes vœux,
C'est toi qui conduis mon rêve où tu veux

Avec la beauté du ciel, en toi vibre
Un rhythme fatal; car mon âme libre
Passe de la joie aux âpres soucis
Selon que le veut l'arc de tes sourcils.

Que j'aye ton cœur ou que tu me l'ôtes,
Je te bénirai dans des rimes hautes,
Je me souviendrai qu'un jour je te plus
Et que je n'ai rien à vouloir de plus.

A UNE ATTRISTÉE D'AMBITION

Comme hier, vous avez les souplesses étranges
Des tigresses et des jaguars,
Vos yeux dardent toujours sous leurs ombreuses franges
L'or acéré de leurs regards.

Vos mains ont, comme hier, sous leurs teintes d'aurores
Leur inexplicable vigueur ;
Elles trouvent encor sur les touches sonores
Des accords qui frôlent le cœur.

Comme hier, vous vivez dans les fécondes fièvres
Et dans les rèves exaltés,
Les mots étincelants s'échappent de vos lèvres,
Échos des intimes clartés.

Trop heureuse en ce monde et trop bien partagée,
Idéal et charnel pouvoir,
Vous avez tout, et vous ètes découragée,
Comme un ciel d'automne, le soir.

*

Ne rêvez pas d'accroître et de parfaire encore
Les dons que vous a faits le ciel.
Ne changez pas l'attrait suprême, qui s'ignore,
Pour un moindre, artificiel.

Il faut que la beauté, vivante, écrite ou peinte
N'ait rien des soucis du chercheur.
Et si la rose avait à composer sa teinte
Elle y perdrait charme et fraîcheur.

Dites-vous, pour chasser la tristesse rebelle,
En ornant de fleurs vos cheveux,
Que, sans peine pour vous, ceux qui vous trouvent belle
Sauront le dire à nos neveux.

COIN DE TABLEAU

Sensation de haschisch

Tiède et blanc était le sein.
Toute blanche était la chatte.
Le sein soulevait la chatte.
La chatte griffait le sein.

Les oreilles de la chatte
Faisaient ombre sur le sein.
Rose était le bout du sein,
Comme le nez de la chatte.

Un signe noir sur le sein
Intrigua longtemps la chatte;
Puis, vers d'autres jeux, la chatte
Courut, laissant nu le sein.

SUR UN MIROIR

Toutes les fois, miroir, que tu lui serviras
A se mettre du noir aux yeux ou sur sa joue
La poudre parfumée, ou bien dans une moue
Charmante, son carmin aux lèvres, tu diras :

« Je dormais reflétant les vers, que sur l'ivoire
Il écrivit... Pourquoi de vos yeux de velours,
De votre chair, de vos lèvres, par ces atours,
Rendre plus éclatante encore la victoire? »

Alors, si tu surprends quelque regard pervers,
Si de l'amour présent elle est distraite ou lasse,
Brise-toi, mais ne lui sers pas, petite glace,
A s'orner pour un autre, en riant de mes vers.

CROQUIS

Sonnet

Beau corps, mais mauvais caractère.
Elle ne veut jamais se taire,
Disant, d'ailleurs d'un ton charmant,
Des choses absurdes vraiment.

N'ayant presque rien de la terre,
Douce au tact comme une panthère.
Il est dur d'être son amant;
Mais, qui ne s'en dit pas fou, ment.

Pour dire tout ce qu'on en pense
De bien et de mal, la science
Essaie et n'a pas réussi.

Et pourquoi faire? Elle se moque
De ce qu'on dit. Drôle d'époque
Où les anges sont faits ainsi.

A UNE CHATTE

Chatte blanche, chatte sans tache,
Je te demande, dans ces vers,
Quel secret dort dans tes yeux verts,
Quel sarcasme sous ta moustache.

Tu nous lorgnes, pensant tout bas
Que nos fronts pâles, que nos lèvres
Déteintes en de folles fièvres,
Que nos yeux creux ne valent pas

Ton museau que ton nez termine,
Rose comme un bouton de sein,
Tes oreilles dont le dessin
Couronne fièrement ta mine.

Pourquoi cette sérénité?
Aurais-tu la clé des problèmes
Qui nous font, frissonnants et blêmes,
Passer le printemps et l'été?

Devant la mort qui nous menace,
Chats et gens, ton flair, plus subtil

Que notre savoir, te dit-il
Où va la beauté qui s'efface,

Où va la pensée, où s'en vont
Les défuntes splendeurs charnelles?...
Chatte, détourne tes prunelles;
J'y trouve trop de noir au fond.

EXCUSE

Aux arbres il faut un ciel clair,
L'espace, le soleil et l'air,
L'eau dont leur feuillage se mouille.
Il faut le calme en la forêt,
La nuit, le vent tiède et discret
Au rossignol, pour qu'il gazouille.

Il te faut, dans les soirs joyeux,
Le triomphe; il te faut des yeux
Éblouis de ta beauté fière.
Au chercheur d'idéal il faut
Des âmes lui faisant là-haut
Une sympathique atmosphère.

Mais quand mauvaise est la saison,
L'arbre perd fleurs et frondaison.
Son bois seul reste, noir et grêle.
Et sur cet arbre dépouillé,
L'oiseau, grelottant et mouillé,
Reste muet, tête sous l'aile.

Ainsi ta splendeur, sur le fond
Que les envieuses te font,

Perd son nonchaloir et sa grâce.
Chez les nuls, qui ne voient qu'hier,
Le poète, interdit et fier,
Rêvant l'art de demain, s'efface.

Arbres, oiseaux, femmes, rêveurs
Perdent dans les milieux railleurs
Feuillage, chant, beauté, puissance.
Dans la cohue où tu te plais,
Regarde-moi, regarde-les,
Et tu comprendras mon silence.

PLAINTE

Vrai sauvage égaré dans la ville de pierre,
A la clarté du gaz je végète et je meurs.
Mais vous vous y plaisez, et vos regards charmeurs
M'attirent à la mort, parisienne fière.

Je rêve de passer ma vie en quelque coin
Sous les bois verts ou sur les monts aromatiques,
En Orient, ou bien près du pôle, très loin,
Loin des journaux, de la cohue et des boutiques.

Mais vous aimez la foule et les éclats de voix,
Le bal de l'Opéra, le gaz et la réclame.
Moi, j'oublie, à vous voir, les rochers et les bois,
Je me tue à vouloir me civiliser l'âme.

Je vous ennuie à vous le dire si souvent :
Je mourrai, papillon brûlé, si cela dure...
Vous feriez bien pourtant, vos cheveux noirs au vent,
En clair peignoir ruché, sur un fond de verdure!

LENTO

Je veux ensevelir au linceul de la rime
Ce souvenir, malaise immense qui m'opprime.

★

Quand j'aurai fait ces vers, quand tous les auront lus
Mon mal vulgarisé ne me poursuivra plus.

★

Car ce mal est trop grand pour que seul je le garde
Aussi, j'ouvre mon âme à la foule criarde.

★

Assiégez le réduit de mes rêves défunts,
Et dispersez ce qu'il y reste de parfums.

Piétinez le doux nid de soie et de fourrures;
Fondez l'or, arrachez les pierres des parures.

Faussez les instruments. Encrassez les lambris;
Et vendez à l'encan ce que vous aurez pris.

Pour que, si quelque soir l'obsession trop forte
M'y ramène, plus rien n'y parle de la morte.

Que pas un coin ne reste intime, indéfloré.
Peut-être, seulement alors je guérirai.

★

(Avec des rhythmes lents, j'endors ma rêverie
Comme une mère fait de son enfant qui crie.)

★

Un jour, j'ai mis mon cœur dans sa petite main
Et, tous en fleur, mes chers espoirs du lendemain.

L'amour paye si bien des trésors qu'on lui donne!
Et l'amoureuse était si frêle, si mignonne!

Si mignonne, qu'on l'eût prise pour une enfant
Trop tôt belle et que son innocence défend.

Mais, elle m'a livré sa poitrine de femme,
Dont les soulèvements semblaient trahir une âme.

Elle a baigné mes yeux des lueurs de ses yeux,
Et mes lèvres de ses baisers délicieux.

★

(Avec des rhythmes doux, j'endors ma rêverie
Comme une mère fait de son enfant qui crie.)

★

Mais, il ne faut pas croire à l'âme des contours,
A la pensée enclose en deux yeux de velours.

★

Car un matin, j'ai vu que ma chère amoureuse
Cachait un grand désastre en sa poitrine creuse.

J'ai vu que sa jeunesse était un faux dehors,
Que l'âme était usée et les doux rêves morts.

J'ai senti la stupeur d'un possesseur avide
Qui trouve, en s'éveillant, sa maison nue et vide.

★

J'ai cherché mes trésors. Tous volés ou brisés!
Tous, jusqu'au souvenir de nos premiers baisers!

Au jardin de l'espoir, l'âpre dévastatrice
N'a rien laissé, voulant que rien n'y refleurisse.

J'ai ramassé mon cœur, mi-rongé dans un coin,
Et je m'en suis allé je ne sais où, bien loin.

★

(Avec des rhythmes sourds, j'endors ma rêverie
Comme une mère fait de son enfant qui crie.)

★

C'est fièrement, d'abord, que je m'en suis allé
Pensant qu'aux premiers froids, je serais consolé.

★

Simulant l'insouci, je marchais par les rues.
Toutes, nous les avions ensemble parcourues!

Je n'ai pas même osé fuir le mal dans les bois.
Nous nous y sommes tant embrassés autrefois!

Fermer les yeux? Rêver? Je n'avais pas dans l'âme
Un coin qui n'eût gardé l'odeur de cette femme.

*

J'ai donc voulu, sentant s'effondrer ma raison,
La revoir, sans souci de sa défloraison.

Mais, je n'ai plus trouvé personne dans sa forme.
Alors le désespoir m'a pris, lourd, terne, énorme.

Et j'ai subi cela des mois, de bien longs mois,
Si fort, qu'en trop parler me fait trembler la voix.

*

Maintenant c'est fini. Souvenir qui m'opprimes,
Tu resteras, glacé, sous ton linceul de rimes.

RANCŒUR LASSE

Malgré sa folle trahison
N'est-elle pas encor la même?
La fierté n'est plus de saison.
Je l'aime.

★

Je sais qu'elle reste, malgré
D'impurs contacts, vierge éternelle,
Qu'aucun venin n'a pénétré
En elle,

Marbre trop charnel qui subit
Toutes souillures, mais les brave;
Puisque la pluie, en une nuit,
Le lave.

★

Même au temps des premiers regards,
Je la savais vaine et perverse.
Mais l'âme aux menaçants hasards
Se berce.

Fermant les yeux, je me livrais
A sa suavité malsaine,
Pensant bien que j'en porterais
La peine.

*

Mordu, mourant, d'avoir serré
Sur ma poitrine la panthère,
J'en veux rester fier, et saurai
Me taire.

*

Ce mois d'avril, je veux bannir
De mon cœur les rêves moroses.
Je veux orner son souvenir
De roses.

*

Et je reprends la liberté
D'adorer sa grâce suprême.
Tel que j'étais je suis resté.
Je l'aime.

DIAMANT ENFUMÉ

Il est des diamants aux si rares lueurs
Que, pris par les voleurs ou perdus dans la rue,
Ils retournent toujours aux rois leurs possesseurs.
Ainsi j'ai retrouvé ma chère disparue.

Mais quelquefois, brisée, à des marchands divers
La pierre est revendue, à moins qu'un aspect rare
Ne la défende. En leurs couleurs, en leurs éclairs,
Ses débris trahiraient le destructeur barbare.

Aussi, je n'ai plus peur, diamant vaguement
Enfumé, mais unique en ta splendeur voilée,
De te perdre. Toujours vers moi, ton seul amant,
Chère, tu reviendras des mains qui t'ont volée.

SONNET

A Mademoiselle S. de L. C

Les saphirs durs et froids, voilés par la buée
De l'orgueilleuse chair, ressemblent à ces yeux
D'où jaillissent de bleus rayons silencieux,
Inquiétants éclairs d'un soir chaud, sans nuée.

Couvrant le front, comme au hasard distribuée,
La chevelure flotte en tourbillons soyeux.
La bouche reste grave et sans moue, aimant mieux
S'ouvrir un peu, de sa fraîcheur infatuée.

Cette bouche immuable et ces cheveux châtains,
Ces yeux, suivant dans l'air d'invisibles lutins,
Ont l'implacable attrait du masque de la Fable.

Mais non; car dans ces traits placides rien ne ment;
Et parfois ce regard révèle, en un moment,
La vérité suprême, absolue, ineffable.

A UNE JEUNE FILLE

Pourquoi, tout à coup, quand tu joues,
Ces airs émus et soucieux?
Qui te met cette fièvre aux yeux,
Ce rose marbré sur les joues?

Ta vie était, jusqu'au moment
Où ces vagues langueurs t'ont prise,
Un ruisseau que frôlait la brise,
Un matinal gazouillement.

*

Comme ta beauté se révèle
Au-dessus de toute beauté,
Comme ton cœur semble emporté
Vers une existence nouvelle,

Comme en de mystiques ardeurs
Tu laisses planer haut ton âme.
Comme tu te sens naître femme
A ces printanières odeurs,

Peut-être que la destinée
Te montre un glorieux chemin;
Peut-être ta nerveuse main
Mènera la terre enchaînée.

*

A coup sûr, tu ne seras pas
Épouse heureuse, douce mère;
Aucun attachement vulgaire
Ne peut te retenir en bas.

*

As-tu des influx de victoire
Dans tes beaux yeux clairs, pleins d'orgueil,
Comme en son virginal coup d'œil
Jeanne d'Arc, de haute mémoire?

Dois-tu fonder des ordres saints,
Être martyre ou prophétesse?
Ou bien écouter l'âcre ivresse
Du sang vif qui gonfle tes seins?

Dois-tu, reine, bâtir des villes
Aux inoubliables splendeurs,
Et pour ces vagues airs boudeurs
Faire trembler les foules viles?

*

Va donc! tout ploiera sous tes pas,
Que tu sois la vierge idéale
Ou la courtisane fatale...
Si la mort ne t'arrête pas.

SUR UN ÉVENTAIL

Sonnet

J'écris ici ces vers pour que, le soir, songeant
A tous les rêves bleus que font les demoiselles,
Vous laissiez sur vos yeux, placides lacs d'argent,
Tournoyer ma pensée et s'y mouiller les ailes.

Peut-être, près de vous assis, se rengorgeant,
Quelque beau cavalier vous dit des choses telles,
Qu'à votre indifférence une fois dérogeant
Vous laisseriez faiblir vos froideurs immortelles.

Mais sur votre éventail, voici que par hasard
Incertain et distrait tombe votre regard;
Et vous lisez mes vers dont pâlit l'écriture.

Oh! ne l'écoutez pas celui qui veut ployer
Votre divinité froide aux soins du foyer
Et faire de Diane une bourgeoise obscure!

VERS AMOUREUX

Comme en un préau d'hôpital de fous
Le monde anxieux s'empresse et s'agite
Autour de mes yeux, poursuivant au gîte
Le rêve que j'ai quand je pense à vous.

Mais n'en pouvant plus, pourtant, je m'isole
En mes souvenirs. Je ferme les yeux;
Je vous vois passer dans les lointains bleus,
Et j'entends le son de votre parole.

*

Pour moi, je m'ennuie en ces temps railleurs.
Je sais que la terre aussi vous obsède.
Voulez-vous tenter (étant deux on s'aide)
Une évasion vers des cieux meilleurs?

SUPPLICATION

Sonnet

Tes yeux, impassibles sondeurs
D'une mer polaire idéale,
S'éclairent parfois des splendeurs
Du rire, aurore boréale.

Ta chevelure, en ces odeurs
Fines et chaudes qu'elle exhale,
Fait rêver aux tigres rôdeurs
D'une clairière tropicale.

Ton âme a ces aspects divers :
Froideur sereine des hivers,
Douceur trompeuse de la fauve.

Glacé de froid, ou déchiré
A belles dents, moi, je mourrai
A moins que ton cœur ne me sauve.

POSSESSION

Puisque ma bouche a rencontré
Sa bouche, il faut me taire. Trêve
Aux mots creux. Je ne montrerai
Rien qui puisse trahir mon rêve.

*

Il faut que je ne dise rien
De l'odeur de sa chevelure,
De son sourire aérien,
Des bravoures de son allure,

Rien des yeux aux regards troublants,
Persuasifs, cabalistiques,
Rien des épaules, des bras blancs
Aux effluves aromatiques.

*

Je ne sais plus faire d'ailleurs
Une si savante analyse,
Possédé de rêves meilleurs
Où ma raison se paralyse.

Et je me sens comme emporté,
Épave en proie au jeu des vagues,
Par le vertige où m'ont jeté
Ses lèvres tièdes, ses yeux vagues.

★

On se demandera d'où vient
L'influx tout-puissant qui m'oppresse,
Mais personne n'en saura rien
Que moi seul... et l'Enchanteresse.

Elle s'est endormie un soir, croisant ses bras,
Ses bras souples et blancs sur sa poitrine frêle,
Et fermant pour toujours ses yeux clairs, déjà las
De regarder ce monde, exil trop lourd pour Elle.

Elle vivait de fleurs, de rêves, d'idéal,
Ame, incarnation de la Ville éternelle.
Lentement étouffée, et d'un semblable mal,
La splendeur de Paris s'est éteinte avec Elle.

Et pendant que son corps attend pâle et glacé
La résurrection de sa beauté charnelle,
Dans ce monde où, royale et douce, Elle a passé,
Nous ne pouvons rester qu'en nous souvenant d'Elle.

BALLADE DU DERNIER AMOUR

Mes souvenirs sont si nombreux
Que ma raison n'y peut suffire.
Pourtant je ne vis que par eux,
Eux seuls me font pleurer et rire.
Le présent est sanglant et noir;
Dans l'avenir qu'ai-je à poursuivre?
Calme frais des tombeaux, le soir!...
Je me suis trop hâté de vivre.

Amours heureux ou malheureux,
Lourds regrets, satiété pire,
Yeux noirs veloutés, clairs yeux bleus,
Aux regards qu'on ne peut pas dire,
Cheveux noyant le démêloir
Couleur d'or, d'ébène ou de cuivre,
J'ai voulu tout voir, tout avoir.
Je me suis trop hâté de vivre.

Je suis las. Plus d'amour. Je veux
Vivre seul, pour moi seul décrire
Jusqu'à l'odeur de tes cheveux,
Jusqu'à l'éclair de ton sourire,

Dire ton royal nonchaloir,
T'évoquer entière en un livre
Pur et vrai comme ton miroir.
Je me suis trop hâté de vivre.

ENVOI

Ma chanson, vapeur d'encensoir,
Chère envolée, ira te suivre.
En tes bras j'espérais pouvoir
Attendre l'heure qui délivre;
Tu m'as pris mon tour. Au revoir.
Je me suis trop hâté de vivre.

VILLÉGIATURE

Fragment

C'est moi seul que je veux charmer en écrivant
Les rêves bienheureux que me dicte le vent,
Les souvenirs que j'ai des baisers de sa bouche,
De ses yeux, ciels troublés où le soleil se couche,
Des frissons que mon cou garde de ses bras blancs,
De l'abandon royal qui me livrait ses flancs.
Or que le vent discret fait chuchoter les chênes

Et que le soleil soûle, aux clairières prochaines,
Vipères et lézards endormis dans le thym,
Couché sur le sol sec, je pense au temps lointain.
Je me dis que je vois encor le ciel, et qu'Elle
Ame superbe, fleur de beauté, splendeur frêle,
Arrivée après moi, s'en est allée avant.

Et j'écoute les chants tristes que dit le vent.

La mouche désœuvrée et la fourmi hâtive
Ne veulent pas qu'aux bois l'on rêve et l'on écrive;
Aussi les guêpes, les faucheux, les moucherons...
Je vais, le long des blés, cueillir des liserons

A la suavité mystérieuse, amère,
Comme le souvenir d'une joie éphémère.

Les champs aussi sont pleins d'insectes affairés,
Foule de gens de tous aspects, de tous degrés.
Noir serrurier, en bas, le grillon lime et grince.
Le frelon, ventru comme un riche de province,
Prend les petites fleurs entre ses membres courts.
Les papillons s'en vont à leurs brèves amours
Sous leurs manteaux de soie et d'or. La libellule
Effleure l'herbe avec un dédain ridicule.
C'est la ville.
                    Et je pense à la ville, aux humains,
Aux fiers amis, aux bals où je pressais ses mains;
Malgré que la bêtise et l'intrigue hâtive
N'y souffrent pas non plus qu'on rêve et qu'on écrive.

Drames et fantaisies

INSOMNIE

A Eugène Zerlaut.

Voici le matin ridicule
Qui vient décolorer la nuit,
Réveillant par son crépuscule
Le chagrin, l'intrigue et le bruit.

Corrects, le zinc et les ardoises
Des toits coupent le ciel normal,
On dort, dans les maisons bourgeoises.
Je ne dors pas. Quel est mon mal?

Est-ce une vie antérieure
Qui me poursuit de ses parfums?
Ces gens vont grouiller tout à l'heure,
Dispersant mes rêves défunts.

Je me souviens! c'étaient des frères
Que, chef bien-aimé, je menais
A travers les vastes bruyères,
Les aubépines, les genêts.

Oh! quelle bien-aimée exquise
Au doux cœur, aux yeux de velours!...
Une autre terre fut conquise
Où le soleil brillait toujours.

L'or dont on fit des broderies,
Les gemmes, cristaux des couchants,
Les fleurs, énervantes féeries,
Les aromates plein les champs

M'ont enivré. J'ai mis des bagues,
Et des perles dans mes cheveux.
Les bayadères aux yeux vagues
M'ont distrait de mes premiers vœux.

. . . .

Aux monts où le soleil se couche
Emporté par des étrangers,
J'ai pleuré, muet et farouche
Tous mes ravissements changés

Les aromes en fades herbes,
Les diamants en froid cristal,
En loups gris les tigres superbes,
En sapin banal le santal.

Puis, mal consolé, sous les branches,
J'épiais dans les froids vallons
Les filles qui passaient si blanches,
Si graves, sous leurs cheveux blonds.

Mais ce n'était pas l'oubliée
Aux lèvres rouges de bétel
A ma vie autrefois liée!...
Que je souffre d'être immortel!

Corrects, le zinc et les ardoises
Des toits coupent le ciel normal,
On s'éveille aux maisons bourgeoises,
Je crois que je meurs de mon mal.

SULTANERIE

Au comte de Chousy.

Dans tes cheveux, flot brun qui submerge le peigne
Sur tes seins frissonnants, ombrés d'ambre, que baigne
L'odeur des varechs morts dans les galets le soir,
Je veux laisser tomber par gouttes les essences
Vertigineuses et, plis froids, les patiences
Orientales, en fleurs d'or sur tulle noir.

Éventrant les ballots du pays de la peste,
J'y trouverai, trésor brodé, perlé, la veste
Qui cache mal ta gorge et laisse luire nus
Tes flancs. Et dans tes doigts je passerai des bagues
Où, sous le saphir, sous l'opale aux lueurs vagues,
Dorment les vieux poisons aux effets inconnus.

Dans l'opium de tes bras, le haschisch de ta nuque,
Je veux dormir, malgré les cris du monde eunuque
Et le poignard qui veut nous clouer cœur sur cœur.
Qu'entre tes seins, faisant un glissement étrange,
Ton sang de femme à mon sang d'homme se mélange,
La mort perpétuera l'éclair d'amour vainqueur!

PROMENADE

A Emmanuel des Essarts.

Ce n'est pas d'hier que d'exquises poses
Me l'ont révélée, un jour qu'en rêvant
J'allais écouter les chansons du vent.

Ce n'est pas d'hier que les teintes roses
Qui passent parfois sur sa joue en fleur
M'ont parlé matin, aurore, fraîcheur,

Que ses clairs yeux bleus et sa chevelure
Noire, sur la nuque et sur le front blancs,
Ont fait naître en moi les désirs troublants,

Que, dans ses repos et dans son allure,
Un charme absolu, chaste, impérieux,
Pour toute autre qu'Elle a voilé mes yeux.

Ce n'est pas d'hier. Puis le cours des choses
S'assombrit. Je crus à jamais les roses
Mortes au brutal labour du canon.

Alors j'aurais pu tomber sous les balles
Sans que son nom vînt sur mes lèvres pâles
    Car je ne sais pas encore son nom.

Puis l'étude austère aux heures inertes,
L'ennui de l'été dans les ombres vertes,
M'ont fait oublier d'y penser souvent.

Voici refleurir, comme avant ces drames,
Les bleuets, les lys, les roses, les femmes,
Et puis Elle avec sa beauté d'avant.

*

Dans le grand jardin, quand je vous retrouve,
Si je ralentis, pour vous voir, mes pas,
Peureuse ou moqueuse, oh! ne fuyez pas!

Me craindre?... Depuis que cet amour couve
En mon cœur, je n'ai même pas osé
Rêver votre bras sur le mien posé.

Qu'est-ce que je viens faire en votre vie,
Intrus désœuvré? Voilà votre enfant
Qui joue à vos pieds et qui vous défend.

Aussi, j'ai compris, vous ayant suivie,
Ce qu'ont demandé vos yeux bleus et doux :
« Mon destin est fait, que me voulez-vous? »

Mais, c'est bien assez, pour qu'en moi frissonne
L'ancien idéal et sa floraison
De vous voir passer sur mon horizon!

Car l'âme, à l'étroit dans votre personne,
Dépasse la chair et rayonne autour,
– Aurore où s'abreuve et croît mon amour.

Diamants tremblant aux bords des corolles,
Fleur des pêches, nacre, or des papillons
S'effacent pour peu que nous les froissions.

Ne craignez donc pas d'entreprises folles,
Car je resterai, si cela vous plaît,
Esclave lointain, inconnu, muet.

DRAME

en trois ballades

I

Pour fuir l'ennui que son départ me laisse,
Pendant le jour, je m'en vais au travers
Des bois, cherchant les abris bien couverts.
Comme deux chiens qu'on a couplés en laisse,
Deux papillons courent les taillis verts.
Lors, je m'étends dans l'herbe caressante.
Les moucherons, les faucheux, les fourmis
Passent sur moi, sans que mon corps les sente.
Les rossignols là-haut sont endormis.
Et moi, je pense à ma maîtresse absente.

Le soir, traînant la flèche qui me blesse,
Je vais, longeant la rue aux bruits divers.
Le gaz qui brille aux cafés grands ouverts,
Les bals publics, flots d'obscène souplesse,
Montrent des chairs, bons repas pour les vers.
Mais, que parfois, accablé, je consente,
Muet, à boire avec vous, mes amis,
La bière blonde, ivresse alourdissante,
Parlez, chantez! Rire vous est permis.
Et moi, je pense à ma maîtresse absente.

Mais il est tard. Dormons. Rêvons d'Elle. Est-ce
Le souvenir des scintillants hivers
Qui se déroule en fantômes pervers,
Dans mon cerveau que le sommeil délaisse,
Au rhythme lent et poignant d'anciens vers?
Enfin, la fièvre et la nuit fraîchissante
Ferment mes yeux, domptent mes flancs blêmis...
Quand reparaît l'aurore éblouissante,
Voici crier les oiseaux insoumis.
Et moi, je pense à ma maîtresse absente.

ENVOI

A ton lever, soleil, à ta descente
Que suit la nuit au splendide semis,
L'homme, oubliant sa pioche harassante,
Sourit de voir mûrir les fruits promis,
Et moi, je pense à ma maîtresse absente.

II

Nous [nous] sommes assis au bois*
Dans les clairières endormantes.
Mon esprit naguère aux abois
Se rassure à l'odeur des menthes.
Le vent, qui gémissait hier,
Aujourd'hui rit et me caresse.
Les oiseaux chantent. Je suis fier,
Car j'ai retrouvé ma maîtresse.

La rue a de joyeuses voix,
Les ouvrières sous leurs mantes
Frissonnent, en courant. Je vois
Les amants joindre les amantes.
Aux cafés, voilà le gaz clair,
Lumière vive et charmeresse.

* Dans l'édition de 1879, ce vers se lit ainsi :

Nous sommes assis au bois...

Imitant les éditeurs des « Œuvres complètes », nous intercalons un nous supplémentaire, qui a le mérite de rétablir la mesure de l'octosyllabe. *(Note de H.J.)*.

Il y a du bonheur dans l'air,
Car j'ai retrouvé ma maîtresse.

Et dans tes bras, sur tes seins froids,
J'ai des lassitudes charmantes.
Qu'as-tu fait au loin? Je te crois,
Que tu sois vraie ou que tu mentes.
Tes seins berceurs comme la mer,
Comme la mer calme et traîtresse,
M'endorment... Plus de doute amer!
Car j'ai retrouvé ma maîtresse.

ENVOI

A toi, merci! chemin de fer,
J'étais seul; mais un soir d'ivresse,
Tu m'as tiré de cet enfer,
Car j'ai retrouvé ma maîtresse.

III

Feuilles, tombez sous la fureur du vent
Et sous la pluie atroce de novembre.
Toute splendeur, à la fin, se démembre.
L'eau, trouble, perd son reflet décevant.
Ainsi s'en va tout mon bonheur d'avant.
Les doux retraits de mon âme charmée
Sont dénudés, sans oiseaux. L'avenir
Et mes projets, forte et brillante armée,
Sont en déroute à ton seul souvenir,
Ô ma maîtresse absolument aimée!

J'ai tant vécu dans ton charme énervant,
Comme nourri de gâteaux de gingembre,
Comme enivré de vétyver et d'ambre!
Et, rassuré, je m'endormais souvent
Sur tes beaux seins, tiède ivoire vivant.
Moi, j'aurais cru ta voix accoutumée;
Le sort brutal voulut la démentir.
Car il mentait ton long regard d'almée!...

Mais je n'ai pas, certes, de repentir,
Ô ma maîtresse absolument aimée!

Et maintenant, seul comme en un couvent,
J'attends en vain le sommeil dans ma chambre,
Ta silhouette adorable se cambre
Dans ma mémoire. Et je deviens savant
A m'enivrer des drogues du Levant.
Que ma ferveur soit louée ou blâmée,
Je veux t'aimer, n'ayant meilleur loisir.
Tu resteras en moi comme un camée,
Comme un parfum chaud qui ne peut moisir,
Ô ma maîtresse absolument aimée!

ENVOI

Monde jaloux de ma vie embaumée,
Enfer d'engrais, de charbon et de cuir,
Je hais tes biens promis, sale fumée!...
Pour ne penser qu'à toi, toujours, où fuir,
Ô ma maîtresse absolument aimée?

PROFANATION

Je n'ai pas d'ami,
Ma maîtresse est morte.
Ce n'est qu'à demi
Que je le supporte.

Peut-on vivre seul?
Mon désir qui dure
Retrousse un linceul
Plein de pourriture.

Comme elle a blêmi
Sa chair fière et forte
Sur qui j'ai dormi!
Partons sans escorte!

Pire qu'un aïeul,
Sans broncher j'endure
L'odeur du tilleul
Les bruits de ramure.

Muse, myrrhe, élémi,
Chants de toute sorte,

Je m'endors parmi
Votre âcre cohorte.

Je puis vivre seul,
Car j'ai la peau dure.
Recouvre, linceul,
Cette pourriture.

BERCEUSE

Au comte de Trévelec.

Endormons-nous, petit chat noir.
Voici que j'ai mis l'éteignoir
Sur la chandelle.
Tu vas penser à des oiseaux
Sous bois, à de félins museaux...
Moi rêver d'Elle.

Nous n'avons pas pris de café,
Et, dans notre lit bien chauffé
(Qui veille pleure.)
Nous dormirons, pattes dans bras.
Pendant que tu ronronneras,
J'oublierai l'heure.

Sous tes yeux fins, appesantis,
Reluiront les oaristys
De la gouttière.
Comme chaque nuit, je croirai
La voir, qui froide a déchiré
Ma vie entière.

Et ton cauchemar sur les toits
Te dira l'horreur d'être trois
Dans une idylle.
Je subirai les yeux railleurs
De son faux cousin, et ses pleurs
De crocodile.

Si tu t'éveilles en sursaut
Griffé, mordu, tombant du haut
Du toit, moi-même
Je mourrai sous le coup félon
D'une épée au bout du bras long
Du fat qu'elle aime.

Puis, hors du lit, au matin gris,
Nous chercherons, toi, des souris
Moi, des liquides
Qui nous fassent oublier tout.
Car, au fond, l'homme et le matou
Sont bien stupides.

LA BLESSÉE

A ma mère.

La blessée est contre un coussin
Trempé du sang de la blessure
Qu'elle porte au-dessous du sein.
Qu'elle est blanche ! Le médecin
N'a pas un seul mot qui rassure.
Ceux qui l'aiment, disent : « Ce soir,
Sera-t-elle vivante ou morte ? »
Les pauvres dont elle est l'espoir
Regardent au trou de la porte.

Ô France, ainsi tes jours joyeux
Avaient fui dans la nuit profonde.
Ainsi nous avons cru tes yeux
A jamais fermés pour le monde.

La blessée est sauvée et dort
Dans son lit blanc, tout amaigrie.
Elle a frôlé de près la mort ;
On lui défend de parler fort,

On craint même qu'elle ne rie.
Mais dehors un vent attiédi
Verdit déjà les noires cimes.
Comme elle s'ennuie, à midi,
Des tisanes et des régimes!

Ô France, ainsi tes jours joyeux
Avaient fui dans la nuit profonde;
Mais l'aube renaît et tes yeux
Se sont entr'ouverts sur le monde.

La blessée enfin ce matin
A trompé sa garde-malade.
Elle part d'un pas incertain.
Elle a voulu sentir le thym
Dans ce sentier qu'elle escalade.
Ses bras ne sont plus si fluets.
Elle est plus forte. « Oh! la prairie! »
Elle cueille et met des bleuets
Dans ses cheveux. Elle est guérie!

Ô France, ainsi tes jours joyeux
Avaient fui dans la nuit profonde.
Mais, voici le soleil! Tes yeux
Restent grands ouverts sur le monde.

TROIS QUATRAINS

A Madame M.

Au milieu du sang, au milieu du feu,
Votre âme limpide, ainsi qu'un ciel bleu,
Répand sa rosée en fraîches paroles
Sur nos cœurs troublés, mourantes corolles.

Et nous oublions, à vos clairs regards,
L'incendie et ses rouges étendards
Flottant dans la nuit. Votre voix perlée
Couvre le canon sombre et la mêlée.

Vous nous faites voir, fier ange de paix,
Que l'horreur n'est pas sur terre à jamais,
Et qu'il nous faut croire au bon vent qu'apporte
L'avenir, que la grâce n'est pas morte.

AQUARELLE

A Henry Cros.

Au bord du chemin, contre un églantier,
Suivant du regard le beau cavalier
Qui vient de partir, Elle se repose,
Fille de seize ans, rose, en robe rose.

Et l'Autre est debout, fringante. En ses yeux
Brillent les éclairs d'un rêve orgueilleux...
Diane mondaine à la fière allure,
Corps souple, front blanc, noire chevelure.

Tandis que sa blonde amie en rêvant
Écoute les sons qu'apporte le vent,
Bruits sourds de galop, sons lointains de trompe,

Diane se dit : « Rosette se trompe.
Quand Il est parti tout pâle d'émoi,
Son dernier regard n'était que pour moi. »

SIX TERCETS

A Degas

Les cheveux plantureux et blonds, bourrés de crin,
Se redressent altiers : deux touffes latérales
Se collent sur le front en moqueuses spirales.

Aigues-marines, dans le transparent écrin
Des paupières, les yeux qu'un clair fluide baigne
Ont un voluptueux regard qui me dédaigne.

Tout me nargue : les fins sourcils, arcs indomptés,
Le nez au flair savant, la langue purpurine
Qui s'allonge jusqu'à chatouiller la narine,

Et le menton pointu, signe des volontés
Implacables, et puis cette irritante mouche
Sise au-dessous du nez et tout près de la bouche.

Mais, au bout du menton rose où vient se poser
Un doigt mignon, dans cette attitude songeuse,
Énigmatiquement la fossette se creuse.

Je prends, à la faveur de ce calme, un baiser
Sur les flocons dont la nuque fine est couverte,
En prix de ce croquis rimé d'après vous, Berthe.

TROIS QUATRAINS

Le casque de velours, qui de plumes s'égaie,
Rabat sur les sourcils les boucles, frondaison
D'or frisé. Les yeux froids, prêts à la trahison,
Dardent leurs traits d'acier sous cette blonde haie.

Et l'oreille mignonne écoute gravement
Ce qu'on dit du profil. Pleine et rose la joue
S'émeut aux madrigaux. La bouche fait la moue,
Mais le petit nez fier n'a pas un mouvement.

Et puis le cou puissant dont la blancheur étonne,
Fait rêver aux blancheurs opulentes du sein.
Voici le fond qu'il faut au lumineux dessin :
Un matin rose, avec arbres rouillés, l'automne.

BONNE FORTUNE

A Théodore de Banville.

Tête penchée,
    Œil battu,
Ainsi couchée
    Qu'attends-tu?

Sein qui tressaille,
    Pleurs nerveux,
Fauve broussaille
    De cheveux,

Frissons de cygnes
    Sur tes flancs,
Voilà des signes
    Trop parlants.

Tu n'es que folle
    De ton corps.
Ton âme vole
    Au dehors.

Qu'un autre vienne.
    Tu feras
La même chaîne
    De tes bras.

Je hais le doute,
    Et, plus fier,
Je te veux toute,
    Ame et chair.

C'est moi (pas l'autre!)
    Qui t'étreins
Et qui me vautre
    Sur tes seins.

Connais, panthère,
    Ton vainqueur
Ou je fais taire
    Ta langueur.

Attache et sangle
    Ton esprit,
Ou je t'étrangle
    Dans ton lit.

PAROLES PERDUES

A Stéphane Mallarmé

Après le bain, la chambrière
Vous coiffe. Le peignoir ruché
Tombe un peu. Vous écoutez, fière,
Les madrigaux de la psyché.

Mais la psyché pourtant, Madame,
Vous dit : « Ce corps vainement beau,
Caduc abri d'un semblant d'âme
Ne peut éviter le tombeau.

Alors cette masse charnelle
Quittera les os, et les vers
Fourmillant en chaque prunelle
Y mettront de vagues éclairs.

Plus de blanc, mais la terre brune
Sur la face osseuse. Le soir,
Plus de lustres flambants : La lune. »
C'est ce que dit votre miroir.

Vous écoutez sa prophétie
D'un air bestialement fier.
Car la femme ne se soucie
Pas plus de demain que d'hier.

Vingt sonnets

SONNET ASTRONOMIQUE

Alors que finissait la journée estivale,
Nous marchions, toi pendue à mon bras, moi rêvant
A ces mondes lointains dont je parle souvent.
Aussi regardais-tu chaque étoile en rivale.

Au retour, à l'endroit où la côte dévale,
Tes genoux ont fléchi sous le charme énervant
De la soirée et des senteurs qu'avait le vent.
Vénus, dans l'ouest doré, se baignait triomphale.

Puis, las d'amour, levant les yeux languissamment,
Nous avons eu tous deux un long tressaillement
Sous la sérénité du rayon planétaire.

Sans doute, à cet instant deux amants, dans Vénus,
Arrêtés en des bois aux parfums inconnus,
Ont, entre deux baisers, regardé notre terre.

SONNET MADRIGAL

J'ai voulu des jardins pleins de roses fleuries,
J'ai rêvé de l'Éden aux vivantes féeries,
De lacs bleus, d'horizons aux tons de pierreries;
Mais je ne veux plus rien; il suffit que tu ries.

Car, roses et muguets, tes lèvres et tes dents
Plus que l'Éden, sont but de désirs imprudents,
Et tes yeux sont des lacs de saphirs, et dedans
S'ouvrent des horizons sans fin, des cieux ardents.

Corps musqués sous la gaze où l'or lamé s'étale,
Nefs, haschisch... j'ai rêvé l'ivresse orientale,
Et mon rêve s'incarne en ta beauté fatale.

Car, plus encor qu'en mes plus fantastiques vœux,
J'ai trouvé de parfums dans l'or de tes cheveux,
D'ivresse à m'entourer de tes beaux bras nerveux.

SOIR ÉTERNEL

Dans le parc, les oiseaux se querellent entre eux.
Après la promenade en de sombres allées,
On rentre; on mange ensemble, et tant de voix mêlées
N'empêchent pas les doux regards, furtifs, heureux.

Et la chambre drapée en tulle vaporeux
Rose de la lueur des veilleuses voilées,
Où ne sonnent jamais les heures désolées!...
Parfums persuadeurs qui montent du lit creux!...

Elle vient, et se livre à mes bras, toute fraîche
D'avoir senti passer l'air solennel du soir
Sur son corps opulent, sous les plis du peignoir.

A bas peignoir! Le lit embaume. Ô fleur de pêche
Des épaules, des seins frissonnants et peureux!...
Dans le parc les oiseaux se font l'amour entre eux.

SONNET

A Madame Fanny A. P.

Pour le surnaturel éclat des cheveux blonds,
Pour la neige du cou, l'aurore de la bouche,
Je rêve une peinture où, frêle, chaque touche
Soit un sourire, prix d'efforts fervents et longs.

Le fond, ciel de septembre où le soleil se couche,
Serait de saphirs bleus, de rubis vermillons.
Ma palette serait l'aile des papillons
Et mes pinceaux des brins de huppe d'oiseau mouche.

Je graverais d'abord avec un diamant,
En traits fins, le sourcil, l'œil, la joue et l'oreille,
Conque rose écoutant mes vers malignement.

Puis la poussière d'or et de nacre, pareille
Aux éclairs de l'émail, au velours du pastel,
Teinterait ce portrait, pâle auprès du réel.

CONSEIL

Quand sur vos cheveux blonds, et fauves au soleil,
Vous mettez des rubans de velours noir, méchante,
Je pense au tigre dont le pelage est pareil :
Fond roux, rayé de noir, splendeur de l'épouvante.

Quand le rire fait luire, au calice vermeil
De vos lèvres, l'éclair de nacre inquiétante,
Quand s'émeut votre joue en feu, c'est un réveil
De tigre : miaulements, dents blanches, mort qui tente.

Et puis, regardez-vous. Même sans ce velours,
Quoique plus belle, enfin vous ressemblez toujours
A celui que parfois votre bouche dénigre.

D'ailleurs si vous tombiez sous sa griffe, une fois?
On ne peut pas savoir qui l'on rencontre au bois :
Madame, il ne faut pas dire de mal du tigre.

RÉVOLTE

Absurde et ridicule à force d'être rose,
A force d'être blanche, à force de cheveux
Blonds, ondés, crêpelés, à force d'avoir bleus
Les yeux, saphirs trop vains de leur métempsycose.

Absurde, puisqu'on n'en peut pas parler en prose,
Ridicule, puisqu'on n'en a jamais vu deux,
Sauf, peut-être, dans des keepsakes nuageux...
Dépasser le réel ainsi, c'est de la pose.

C'en est même obsédant, puisque le vert des bois
Prend un ton d'émeraude impossible en peinture
S'il sert de fond à ces cheveux contre nature.

Et ces blancheurs de peau sont cause quelquefois
Qu'on perdrait tout respect des blancheurs que le rite
Classique admet : les lys, la neige. Ça m'irrite!

SONNET

A Madame de M.

Ignorante ou plutôt dédaigneuse des maux
Et des perversités, vous sachant hors d'atteinte,
Vous traversez la vie en aimant sans contrainte,
Donnant de votre charme aux faits les plus normaux.

J'ai comme un souvenir vague, en de vieux émaux
D'un portrait lumineux de reine ou bien de sainte
A la grâce élancée, où je vous trouvais peinte
Mieux que je ne ferais en alignant des mots.

Comme la sainte, vous avez le don de plaire
Sans recherche fiévreuse; aussi votre âme claire
Aux ouragans mondains ne se troublera pas.

Et vous avez encor, comme dans cette image,
Le fin et long aspect des reines moyen âge
Dont un peuple naïf et doux baisait les pas.

SONNET

A Madame S. C.

Bien que Parisienne en tous points, vous avez
Conservé dans votre être un parfum bucolique,
Legs immatériel des poëmes rêvés
Par votre mère; ainsi votre forme s'explique.

En effet, votre voix a des sons dérivés
Du parler berrichon lent et mélancolique,
Et tous vos mouvements, que j'ai bien observés,
Me font penser à Ruth, la glaneuse biblique.

De vous s'échappe un vague arome de foins mûrs.
Comme ceux des lézards qui dorment sur les murs,
Vos yeux pleins de soleil sont prêts à toute alerte,

Et, par bonté pour ceux que ces yeux ont touchés,
Sous des aspects mondains et roués, vous cachez
Que vous n'aimez au fond que la campagne verte.

SONNET

A Madame S. de F.

A travers la forêt des spontanéités,
Écartant les taillis, courant par les clairières,
Ét cherchant dans l'émoi des soifs aventurières
L'oubli des paradis pour un instant quittés,

Inquiète, cheveux flottants, yeux agités,
Vous allez et cueillez des plantes singulières,
Pour parfumer l'air fade et pour cacher les pierres
De la prison terrestre où nous sommes jetés.

Et puis, quand vous avez groupé les fleurs coupées,
Vous vous ressouvenez de l'idéal lointain,
Et leur éclat, devant ce souvenir, s'éteint.

Alors l'ennui vous prend. Vos mains inoccupées
Brisent les pâles fleurs et les jettent au vent.
Et vous recommencez ainsi, le jour suivant.

SCÈNE D'ATELIER

A Édouard Manet.

Sachant qu'Elle est futile, et pour surprendre à l'aise
Ses poses, vous parliez des théâtres, des soirs
Joyeux, de vous, marin, stoppant près des comptoirs,
De la mer bleue et lourde attaquant la falaise.

Autour du cou, papier d'un bouquet, cette fraise,
Ce velours entourant les souples nonchaloirs,
Ces boucles sur le front, hiéroglyphes noirs,
Ces yeux dont vos récits calmaient l'ardeur mauvaise,

Ces traits, cet abandon opulent et ces tons
(Vous en étiez, je crois, au club des Mirlitons)
Ont passé sur la toile en quelques coups de brosse.

Et la Parisienne, à regret, du sofa
Se soulevant, dit : « C'est charmant! » puis étouffa
Ce soupir : « Il ne m'a pas faite assez féroce! »

SONNET

A Mademoiselle Nelsy de S.

Je crois que Mantegna vous a faite en peinture
Droite dans le gazon rare et les arbres fins,
Au bord d'une mer bleue, où, civils, des dauphins
Escortent des vaisseaux à la basse mâture.

Vous menez, garrottés d'une rouge ceinture,
Des amours; sans souci de leurs pleurs vrais ou feints
Vous rêvez des projets dont nul ne sait les fins,
Laissant vos cheveux d'or flotter à l'aventure.

Ou, prêtresse venue avec les chefs normands,
C'était vous qui rendiez dociles et dormants,
Par vos chansons, les flots insoumis de la Seine.

Échappée à d'anciens tableaux, d'anciens romans,
Ainsi, votre beauté m'étonne sur la scène
Du monde de nos jours, pauvre en enchantements.

DON JUAN

A Antoine Cros.

Au bord d'un étang bleu dont l'eau se ride
Sous le vent discret d'une nuit d'été,
Parmi les jasmins, foulant l'herbe humide
Avez-vous jamais, rêveur, écouté

La voix de la vierge émue et timide
Qui furtive, un soir, pour vous a quitté
Le foyer ami — depuis froid et vide —
Où, les parents morts, plus rien n'est resté?

Parfum de poison, volupté cruelle
D'avoir arraché du sol ce lys frêle
Et d'avoir hâté l'œuvre des tombeaux...

Ô destruction de quels âpres charmes
Es-tu donc parée? Et, voilés de larmes,
Pourquoi les yeux clairs en sont-ils plus beaux?

SONNET

J'ai bâti dans ma fantaisie
Un théâtre aux décors divers :
— Magiques palais, grands bois verts —
Pour y jouer ma poésie.

Un peu trop au hasard choisie,
La jeune première à l'envers
Récite quelquefois mes vers.
Faute de mieux je m'extasie.

Et je déclame avec tant d'art
Qu'on me croirait pris à son fard,
Au fard que je lui mets moi-même.

Non. Sous le faux air virginal
Je vois l'être inepte et vénal,
Mais c'est le rôle seul que j'aime.

MORALE

Pour le tombeau de Théophile Gautier

Orner le monde avec son corps, avec son âme,
Être aussi beau qu'on peut dans nos sombres milieux,
Dire haut ce qu'on rêve et qu'on aime le mieux,
C'est le devoir, pour tout homme et pour toute femme.

Les gens déshérités du ciel, qui n'ont ni flamme
Sous le front, ni rayons attirants dans les yeux,
S'effarant de tes bonds, lion insoucieux,
T'en voulaient. Mais le vent moqueur a pris leur blâme.

La splendeur de ta vie et tes vers scintillants
Te défendent, ainsi que les treize volants
Gardent rose, dans leurs froufrous, ta Moribonde.

Elle et toi, jeunes, beaux, pour ceux qui t'auront lu
Vous vivrez. C'est le prix de quiconque a voulu
Avec son corps, avec son âme orner le monde.

AVENIR

Les coquelicots noirs et les bleuets fanés
Dans le foin capiteux qui réjouit l'étable,
La lettre jaunie où mon aïeul respectable
A mon aïeule fit des serments surannés,

La tabatière où mon grand-oncle a mis le nez,
Le trictrac incrusté sur la petite table
Me ravissent. Ainsi dans un temps supputable
Mes vers vous raviront, vous qui n'êtes pas nés.

Or, je suis très vivant. Le vent qui vient m'envoie
Une odeur d'aubépine en fleur et de lilas,
Le bruit de mes baisers couvre le bruit des glas.

Ô lecteurs à venir, qui vivez dans la joie
Des seize ans, des lilas et des premiers baisers,
Vos amours font jouir mes os décomposés.

MEMENTO

A Michel Eudes.

Les êtres trépignants, amoureux de l'utile,
Passent le temps fuyard à des combinaisons
D'actions au porteur, de canaux, de maisons
De commerce, où leur sens s'éteint ou se mutile.

D'autres ont ici-bas un but aussi futile,
Fabriquant des tableaux, des vers, des oraisons,
Cela, pour que leur nom, durant quelques saisons,
Près des noms des chevaux vainqueurs au turf, rutile.

Vous avez pris la vie autrement. Vous pensez
Que l'agitation incessante, illusoire,
N'est pas œuvre de dieu, mais rôle d'infusoire.

A rire en plein soleil croyez bien dépensés
Les lugubres instants d'un monde provisoire,
Et n'enlaidissez pas comme les gens sensés.

TSIGANE

Dans la course effarée et sans but de ma vie
Dédaigneux des chemins déjà frayés, trop longs,
J'ai franchi d'âpres monts, d'insidieux vallons.
Ma trace avant longtemps n'y sera pas suivie.

Sur le haut des sommets que nul prudent n'envie,
Les fins clochers, les lacs, frais miroirs, les champs
blonds
Me parlent des pays trop tôt quittés. Allons,
Vite! vite! en avant. L'inconnu m'y convie.

Devant moi, le brouillard recouvre les bois noirs.
La musique entendue en de limpides soirs
Résonne dans ma tête au rhythme de l'allure.

Le matin, je m'éveille aux grelots du départ,
En route! Un vent nouveau baigne ma chevelure,
Et je vais, fier de n'être attendu nulle part.

DÉLABREMENT

Comme un appartement vide aux sales plafonds,
Aux murs nus, écorchés par les clous des peintures,
D'où sont déménagés les meubles, les tentures,
Où le sol est jonché de paille et de chiffons,

Ainsi, dévasté par les destins, noirs bouffons,
Mon esprit s'est rempli d'échos, de clartés dures.
Les tableaux, rêves bleus et douces aventures,
N'ont laissé que leur trace écrite en trous profonds.

Que la pluie et le vent par la fenêtre ouverte
Couvrent de moisissure âcre et de mousse verte
Tous ces débris, horreur des souvenirs aimés!

Qu'en ce délabrement, une nouvelle hôtesse
Ne revienne jamais traîner avec paresse,
Sur de nouveaux tapis, ses peignoirs parfumés!

SONNET MÉTAPHYSIQUE

Dans ces cycles, si grands que l'âme s'en effraie,
L'impulsion première en mouvements voulus
S'exerce. Mais plus loin la Loi ne règne plus :
La nébuleuse est, comme au hasard, déchirée.

Le monde contingent où notre âme se fraie
Péniblement la route au pays des élus,
Comme au-delà du ciel ces tourbillons velus
S'agite discordant dans la valse sacrée.

Et puis en pénétrant dans le cycle suivant,
Monde que n'atteint pas la loupe du savant,
Toute-puissante on voit régner la Loi première.

Et sous le front qu'en vain bat la grêle et le vent,
Les mondes de l'idée échangeant leur lumière
Tournent équilibrés dans un rhythme vivant.

HEURES SEREINES

A Victor Meunier.

J'ai pénétré bien des mystères
Dont les humains sont ébahis :
Grimoires de tous les pays,
Êtres et lois élémentaires.

Les mots morts, les nombres austères
Laissaient mes espoirs engourdis;
L'amour m'ouvrit ses paradis
Et l'étreinte de ses panthères.

Le pouvoir magique à mes mains
Se dérobe encore. Aux jasmins
Les chardons ont mêlé leurs haines.

Je n'en pleure pas; car le Beau
Que je rêve, avant le tombeau,
M'aura fait des heures sereines.

Grains de sel

LE HARENG SAUR

A Guy.

Il était un grand mur blanc — nu, nu, nu,
Contre le mur une échelle — haute, haute, haute,
Et, par terre, un hareng saur — sec, sec, sec.

Il vient, tenant dans ses mains — sales, sales, sales,
Un marteau lourd, un grand clou — pointu, pointu, pointu,
Un peloton de ficelle — gros, gros, gros.

Alors il monte à l'échelle — haute, haute, haute,
Et plante le clou pointu — toc, toc, toc,
Tout en haut du grand mur blanc — nu, nu, nu.

Il laisse aller le marteau — qui tombe, qui tombe, qui tombe,
Attache au clou la ficelle — longue, longue, longue,
Et, au bout, le hareng saur — sec, sec, sec.

Il redescend de l'échelle — haute, haute, haute,
L'emporte avec le marteau — lourd, lourd, lourd ;
Et puis, il s'en va ailleurs, — loin, loin, loin.

Et, depuis, le hareng saur — sec, sec, sec,
Au bout de cette ficelle — longue, longue, longue,
Très lentement se balance — toujours, toujours, toujours.

J'ai composé cette histoire, — simple, simple, simple,
Pour mettre en fureur les gens — graves, graves, graves,
Et amuser les enfants — petits, petits, petits.

INTÉRIEUR

« Joujou, pipi, caca, dodo. »
« Do, ré, mi, fa, sol, la, si, do. »
Le moutard gueule, et sa sœur tape
Sur un vieux clavecin de Pape.
Le père se rase au carreau
Avant de se rendre au bureau.
La mère émiette une panade
Qui mijote, gluante et fade,
Dans les cendres. Le fils aîné
Cire, avec un air étonné,
Les souliers de toute la troupe,
Car, ce soir même, après la soupe,
Ils iront autour de Musard
Et ne rentreront pas trop tard;
Afin que demain l'on s'éveille
Pour une existence pareille.
« Do, ré, mi, fa, sol, la, si, do. »
« Joujou, pipi, caca, dodo. »

CHANSON DE LA CÔTE

Voici rentrer l'officier de marine,
　　Il a de noirs favoris.
Le vent de mer a gonflé sa narine,
Il dit combien de vaisseaux il a pris.

Voici rentrer l'officier de marine,
　　Il a deux beaux galons d'or.
Il veut surprendre, au logis, Mathurine
Sa femme, son plus précieux trésor.

Voici rentrer l'officier de marine,
　　Il veut revoir sa maison,
Son lard qui sèche et ses sacs de farine,
Ses pommiers lourds de pommes à foison.

Repars bien vite, officier de marine,
　　Tes pommiers on a coupé,
Tes sacs vidés, ton lard frit. Mathurine
Avec des gens de terre t'a trompé.

Repars bien vite, officier de marine,
　　Pour un voyage bien long.
Tes favoris seront blancs, ta narine
Sera ridée au troisième galon.

CHANSON DES SCULPTEURS

Proclamons les princip's de l'art!
Que tout l'mond' s'épanche!
Le marbre est un' matière à part,
Y en n'a pas d'plus blanche.

Proclamons les princip's de l'art!
Que personn' ne bouge!
La terr' glais', c'est comm' le homard:
Quand c'est cuit, c'est rouge.

Proclamons les princip's de l'art!
Que tout l'mond' s'amuse!
Le bronz' dure, à moins qu' par hasard,
Pour des cloch's on n' l'use.

Proclamons les princip's de l'art!
Que tout l'mond' se soûle!
Quoique l' plâtr' soit un peu blafard,
Il coul' bien dans l'moule.

Proclamons les princip's de l'art!
Que tout l'mond' s'entende!
Les contours des femm's, c'est du lard,
La chair, c'est d' la viande.

VOCATION

A Étienne Carjat.

Jeune fille du caboulot,
De quel pays es-tu venue
Pour étaler ta gorge nue
Aux yeux du public idiot?

Jeune fille du caboulot,
Il te déplaisait au village
De voir meurtrir, dans le bel âge
Ton pied mignon par un sabot.

Jeune fille du caboulot,
Tu ne pouvais souffrir Nicaise,
Ni les canards qu'encor niaise
Tu menais barboter dans l'eau.

Jeune fille du caboulot,
Ne penses-tu plus à ta mère,
A la charrue, à ta chaumière?...
Tu ne ris pas à ce tableau.

Jeune fille du caboulot,
Tu préfères à la charrue
Écouter les bruits de la rue
Et nous verser l'absinthe à flot.

Jeune fille du caboulot,
Ta mine rougeaude était sotte,
Je t'aime mieux ainsi, pâlotte,
Les yeux cernés d'un bleu halo.

Jeune fille du caboulot,
Dit un sermonneur qui t'en blâme,
Tu t'ornes le corps plus que l'âme,
Vers l'enfer tu cours au galop.

Jeune fille du caboulot,
Que dire à cet homme qui plaide
Qu'il faut, pour bien vivre, être laide,
Lessiver et se coucher tôt?

Jeune fille du caboulot,
Laisse crier et continue
A charmer de ta gorge nue
Les yeux du public idiot.

BRAVE HOMME

En attendant qu'on m'enterre,
Aujourd'hui, j'veux êtr' très gai.
Flon, flon flon, lariradondaire,
Gai, gai, gai, lariradondé.

Je n'fais pas beaucoup d'affaires;
L'verr' cassé n'est pas d'mandé.
Flon, flon, etc.

Ma pauvr' femm' non plus n'gagn' guère;
Lui faut trop d'litr's dans l'gésier.
Flon, flon, etc.

Sa hott', son croc d'chiffonnière,
Ell' vend tout pour un d'mi-s'tier.
Flon, flon, etc.

Ell' n'est pas belle, au contraire.
Il m' sembl' bien qu' j'en ai assez.
Flon, flon, etc.

J'vas y emplir la gueule d'terre
Et lui mettre un' corde aux pieds.
Flon, flon, etc.

J'vas la foutr' dans la rivière
Et puis boire à sa santé.
Flon, flon, etc.

Il pleure.

Mais contr' qui cogner mon verre?
Quoiqu' laid' c'est un' société!...
Flon, flon, etc.

J' la gard'! J'ai du temps à faire.
Ell' soign'ra ma vétusté.
Flon, flon, flon, lariradondaire,
Gai, gai, gai, lariradondé.

GAGNE-PETIT

Il a tout fait, tous les métiers. Sa simple vie
Se passe loin du bruit, loin des cris de l'envie
Et des ambitions vaines du boulevard.
Pour ce jour attendu, qui s'annonce blafard,
Les savants ont prédit, avant l'heure où se couche
Le soleil, une éclipse. Et sa maîtresse accouche,
Apportant un enfant parmi tant de soucis!
Il compte, pour dîner, sur ses verres noircis.
Carrières de Montmartre, en vos antres de gypse,
Abritez le marchand de verres pour éclipse!

NOCEUR

Après avoir vidé toutes les coupes, toutes!
Il faut enfin rentrer; car mes fibres dissoutes,
Dans les cafés criards, hantés par les catins,
Ont froid dans la nuit lourde et les douteux matins.
Marchons. Voici grouiller déjà les gens des halles.
Je rougis, maraîchers, à voir vos blouses sales,
Que rafraîchit l'odeur lointaine des labours.
Travailleurs, ignorants des malsaines amours,
Vous entassez des choux sur le trottoir, sans même
Vous douter de l'horreur qui suit le passant blême.

CROQUIS DE DOS

Il travaille, le jour, dans un bazar tout neuf,
Criant : « Tout est à treize, et là, tout à vingt-neuf! »
Sa casquette est la plus superbe des casquettes,
En soie, et fait valoir ses courbes roufflaquettes.
Un foulard jaune tourne autour de son cou gras
Et rouge, que font voir ses cheveux tondus ras.
Comme sa connaissance a, ce soir, de l'ouvrage,
Il est libre et content. Car jamais il ne rage,
A moins qu'elle ne flâne. Aussi c'est d'un air grand
Qu'il s'écrie au café : « Garçon! un mazagran! »

SONGE D'ÉTÉ

A d'autres les ciels bleus ou les ciels tourmentés,
La neige des hivers, le parfum des étés,
Les monts où vous grimpez, fiertés aventurières
Des Anglaises. Mes yeux aiment mieux les clairières
Où la charcuterie a laissé ses papiers,
Les sentiers où l'on sent encor l'odeur des pieds
Des soldats avec leurs payses, la presqu'île
De Gennevilliers, où croît l'asperge tranquille
Sous l'irrigation puante des égouts...
On ne dispute pas des couleurs ni des goûts.

PITUITE

Ayant tout essayé, blême, je ne crois plus
Aux amoureux musclés, soupeurs et chevelus;
Car moi, qui suis mourant à toutes les minutes,
Tué par la recherche inquiète et les luttes
Littéraires, je crains l'épuisante douceur
Des chauds oaristys. Je voudrais une sœur,
Une femme rêvant avec moi, côte à côte,
Frissonnante, croyant qu'elle fait une faute,
Et nous nous aimerions d'un amour immortel,
Sans stores de voiture et sans chambre d'hôtel.

RÉSIPISCENCE

Celle qui m'apparaît, quand j'ai clos mes yeux las,
Tricote un bas de laine. Elle a des bandeaux plats,
Elle a passé la fleur de ses jeunes années
Dans des salons proprets, aux couleurs surannées,
Et rêve d'épouser un substitut grivois.
Elle chante, avec un petit filet de voix :
« Le départ d'Alcindor, les pleurs de son amante. »
Son corsage montant et sa petite mante,
Cachent probablement un corps grêle et fiévreux :
Il n'est pas étonnant que j'en sois amoureux.

VUE SUR LA COUR

La cuisine est très propre et le pot-au-feu bout
Sur le fourneau. La bonne, attendant son troubade,
Épluche en bougonnant légumes et salade,
Ses doigts rouges et gras, avec du noir au bout,
Trouvent les vers de terre entre les feuilles vertes.
On bat des traversins aux fenêtres ouvertes.
Mais voici le pays. Après un gros bonjour,
On lui donne la fleur du bouillon, leur amour
S'abrite à la vapeur du pot, chaud crépuscule...
Et je ne trouve pas cela si ridicule.

BÉNÉDICTION

Des femmes en peignoir, portant la boîte au lait,
Craignaient de se crotter et montraient leur mollet.
Ils étaient trois, vêtus d'ulsters garnis de martre.
Ils rentraient, ce matin, d'une orgie à Montmartre,
Et ces trois débauchés riaient du doux café
Que l'épouse, à l'époux au lit, sert bien chauffé.
Un prêtre, qui passait, rougit de ce blasphème.
Ils narguèrent le prêtre. Et l'un sifflota même
Quelque chanson obscène, apprise aux Délass-Com.
Le prêtre simplement, leur dit : *Pax vobiscum!*

CŒUR SIMPLE

Dans les douces tiédeurs des chambres d'accouchées
Quand à peine, à travers les fenêtres bouchées,
Entre un filet de jour, j'aime, humble visiteur,
Le bruit de l'eau qu'on verse en un irrigateur,
Et les cuvettes à l'odeur de cataplasme.
Puis la garde-malade avec son accès d'asthme,
Les couches, où s'étend l'or des déjections,
Qui sèchent en fumant devant les clairs tisons,
Me rappellent ma mère aux jours de mon enfance;
Et je bénis ma mère, et le ciel, et la France!

TABLEAU

Enclavé dans les rails, engraissé de scories,
Leur petit potager plaît à mes rêveries.
Le père est aiguilleur à la gare de Lyon.
Il fait honnêtement et sans rébellion
Son dur métier. Sa femme, hélas! qui serait blonde,
Sans le sombre glacis du charbon, le seconde.
Leur enfant, ange rose éclos dans cet enfer
Fait des petits châteaux avec du mâchefer.
A quinze ans il vendra des journaux, des cigares :
Peut-être le bonheur n'est-il que dans les gares!

JOURS D'ÉPREUVE

Jadis je logeais haut, tout contre la gouttière :
Tapi souvent à ma fenêtre en tabatière,
Rêvant à ma misère, à tant d'affronts subis,
J'écoutais les marchands de légumes, d'habits :
Et les tuyaux des toits, chefs-d'œuvre des fumistes,
Rayaient de noir le fond de mes grands yeux si tristes,
J'entendais quelquefois un doux bruit de grelots,
Et me penchant, j'aimais ce gros homme en sabots
Qui se hâtait pour vendre aux phthysiques jeunesses
La consolation du tiède lait d'ânesses.

TOUTE LA SEMAINE

Voici : la fin de la demi-journée approche;
Et l'on travaille bien en attendant la cloche.
Onze heures. On déserte en foule l'atelier.
L'ouvrier va manger. et peut-être lier
Connaissance avec cette enfant, frêle ouvrière,
Chez le traiteur fumeux où l'on sert l'ordinaire.
Mais l'apprenti n'a pas de ces luxes. Avec
Une saucisse plate et deux sous de pain sec
Il déjeune; pourvu qu'il trouve sur la place
Votre eau limpide à boire, ô fontaines Wallace!

FIAT LUX

Il marche à l'heure vague où le jour tombe. Il marche,
Portant ses hauts bâtons. Et, double ogive, l'arche
Du pont encadre l'eau, couleur plume de coq.
Il a chaud et n'a pas le sou pour prendre un bock.
Mais partout où ses pas résonnent, la lumière
Brille. C'est l'allumeur humble de réverbère
Qui, rentrant pour la soupe, avec sa femme assis,
L'embrasse, éclairé par la chandelle des six,
Sans se douter — aucune ignorance n'est vile
Qu'il a diamanté, simple, la grande ville.

PAYSAGE

Versailles où l'éclat des roses s'échelonne,
Les jardins suspendus jadis à Babylone,
Et les fruits de rubis des *Mille et une Nuits*,
Ont charmé longuement mes innocents ennuis,
Mais, à présent, mûri par notre époque triste,
Je fuis ces visions qui poursuivent l'artiste,
Et mon regard rêveur s'abaisse volontiers
Vers la loge, où, contents végètent mes portiers :
Près du carreau poudreux où l'homme fait sa barbe
J'aime le petit pot où croupit la joubarbe.

MORALE

Sur des chevaux de bois enfiler des anneaux,
Regarder un caniche expert aux dominos,
Essayer de gagner une oie avec des boules,
Respirer la poussière et la sueur des foules,
Boire du coco tiède au gobelet d'étain
De ce marchand miteux qui fait ter lin tin tin,
Rentrer se coucher seul, à la fin de la foire,
Dormir tranquillement en attendant la gloire
Dans un lit frais l'été, mais, l'hiver, bien chauffé,
Tout cela vaut bien mieux que d'aller au café.

Fantaisies en prose

DISTRAYEUSE

La chambre est pleine de parfums. Sur la table basse, dans des corbeilles, il y a du réséda, du jasmin et toutes sortes de petites fleurs rouges, jaunes et bleues.

Blondes émigrantes du pays des longs crépuscules, du pays des rêves, les visions débarquent dans ma fantaisie. Elles y courent, y crient et s'y pressent tant, que je voudrais les en faire sortir.

Je prends des feuilles de papier bien blanc et bien lisse, et des plumes couleur d'ambre qui glissent sur le papier avec des cris d'hirondelles. Je veux donner aux visions inquiètes l'abri du rhythme et de la rime.

Mais voilà que sur le papier blanc et lisse, où glissait ma plume en criant comme une hirondelle sur un lac, tombent des fleurs de réséda, de jasmin et d'autres petites fleurs rouges, jaunes et bleues.

C'était *Elle*, que je n'avais pas vue et qui secouait les bouquets des corbeilles sur la table basse.

Mais les visions s'agitaient toujours et voulaient repartir. Alors, oubliant qu'*Elle* était là, belle et blanche, j'ai soufflé contre les petites fleurs semées sur le papier et je me suis repris à courir après les visions, qui, sous leurs manteaux de voyageuses, ont des ailes traîtresses.

J'allais en emprisonner une, — sauvage fille au regard vert, — dans une étroite strophe,

Quand *Elle* est venue s'accouder sur la table basse, à côté de moi, si bien que ses seins irritants caressaient le papier lisse.

Le dernier vers de la strophe restait à souder. C'est ainsi qu'*Elle* m'en a empêché, et que la vision au regard vert s'est enfuie, ne laissant dans la strophe ouverte que son manteau de voyageuse et un peu de la nacre de ses ailes.

Oh! la distrayeuse!... J'allais lui donner le baiser qu'elle attendait, quand les visions remuantes, les chères émigrantes aux odeurs lointaines ont reformé leurs danses dans ma fantaisie.

Aussi, j'ai oublié encore qu'*Elle* était là, blanche et nue. J'ai voulu clore l'étroite strophe par le dernier vers, indestructible chaîne d'acier idéal, niellée d'or stellaire, qu'incrustaient les splendeurs des couchants cristallisées dans ma mémoire.

Et j'ai un peu écarté de la main ses seins gonflés de désirs irritants, qui masquaient sur le papier lisse la place du dernier vers. Ma plume a repris son vol, en criant comme l'hirondelle qui rase un lac tranquille, avant l'orage.

Mais voilà qu'*Elle* s'est étendue, belle, blanche et nue, sur la table basse, au-dessous des corbeilles, cachant sous son beau corps alangui la feuille entière de papier lisse.

Alors les visions se sont envolées toutes bien loin, pour ne plus revenir.

Mes yeux, mes lèvres et mes mains se sont perdus dans l'aromatique broussaille de sa nuque, sous l'étreinte obstinée de ses bras et sur ses seins gonflés de désirs.

Et je n'ai plus vu que ce beau corps alangui, tiède, blanc et lisse où tombaient, des corbeilles agitées, les résédas, les jasmins et d'autres petites fleurs rouges, jaunes et bleues.

LE MEUBLE

A Madame Mauté de Fleurville.

Il m'a fallu avoir le regard bien rapide, l'oreille bien fine, l'attention bien aiguisée,

Pour découvrir le mystère du meuble, pour pénétrer derrière les perspectives de marqueterie, pour atteindre le monde imaginaire à travers les petites glaces.

Mais j'ai enfin entrevu la fête clandestine, j'ai entendu les menuets minuscules, j'ai surpris les intrigues compliquées qui se trament dans le meuble.

On ouvre les battants, on voit comme un salon pour des insectes, on remarque les carrelages blancs, bruns et noirs en perspective exagérée.

Une glace au milieu, une glace à droite, une glace à gauche, comme les portes dans les comédies symétriques. En vérité ces glaces sont des portes ouvertes sur l'imaginaire.

Mais une solitude évidemment inaccoutumée, une propreté dont on cherche le but en ce salon où il n'y a personne, un luxe sans raison pour un intérieur où ne règnerait que la nuit.

On est dupe de cela, on se dit « c'est un meuble et voilà tout, » on pense qu'il n'y a rien derrière les glaces que le reflet de ce qui leur est présenté.

Insinuations qui viennent de quelque part, mensonges soufflés à notre raison par une politique voulue, ignorances où nous tiennent certains intérêts que je n'ai pas à définir.

Pourtant je n'y veux plus mettre de prudence, je me moque de ce qui peut en arriver, je n'ai pas souci des rancunes fantastiques.

Quand le meuble est fermé, quand l'oreille des importuns est bouchée par le sommeil ou remplie des bruits extérieurs, quand la pensée des hommes s'appesantit sur quelque objet positif,

Alors d'étranges scènes se passent dans le salon du meuble; quelques personnages de taille et d'aspect insolites sortent des petites glaces; certains groupes, éclairés par des lueurs vagues, s'agitent en ces perspectives exagérées.

Des profondeurs de la marqueterie, de derrière les colonnades simulées, du fond des couloirs postiches ménagés dans le revers des battants,

S'avancent, en toilettes surannées, avec une démarche frétillante et pour une fête d'almanach extraterrestre,

Des élégants d'une époque de rêve, des jeunes filles cherchant un établissement en cette société de reflets et enfin les vieux parents, diplomates ventrus et douairières couperosées.

Sur le mur de bois poli, accrochées on ne sait comment, les girandoles s'allument. Au milieu de la salle, pendu au plafond qui n'existe pas, resplendit un lustre surchargé de bougies roses, grosses et longues comme des cornes de limaçons. Dans des cheminées imprévues, des feux flambent comme des vers luisants.

Qui a mis là ces fauteuils, profonds comme des coques de noisettes et disposés en cercle, ces tables surchargées de rafraîchissements immatériels ou d'enjeux microscopiques, ces rideaux somptueux — et lourds comme des toiles d'araignée?

Mais le bal commence. L'orchestre, qu'on croirait composé de hannetons, jette ses notes, pétillements et sifflements imperceptibles. Les jeunes gens se donnent la main et se font des révérences.

Peut-être même quelques baisers d'amour fictif s'échangent à la dérobée, des sourires sans idée se dissimulent sous les éventails en ailes de mouche, des fleurs fanées dans les corsages sont demandées et données en signe d'indifférence réciproque.

Combien cela dure-t-il? Quelles causeries s'élèvent dans ces fêtes? Où va ce monde sans substance, après la soirée?

On ne sait pas.

Puisque, si l'on ouvre le meuble, les lumières et les feux s'éteignent: les invités, élégants, coquettes et vieux parents disparaissent pêle-mêle, sans souci de leur dignité, dans les glaces, couloirs et colonnades: les fauteuils, les tables et les rideaux s'évaporent.

Et le salon reste vide, silencieux et propre;

Aussi tout le monde le dit « c'est un meuble de marqueterie et voilà tout, » sans se douter qu'aussitôt le regard détourné,

De petits visages narquois se hasardent à sortir des glaces symétriques, de derrière les colonnes incrustées, du fond des couloirs postiches.

Et il faut un œil particulièrement exercé, minutieux et rapide, pour les surprendre quand ils s'éloignent en ces perspectives exagérées, lorsqu'ils se réfugient dans les profondeurs imaginaires des petites glaces, à l'instant où ils rentrent dans les cachettes irréelles du bois poli.

MADRIGAL

traduit de dessus un éventail de lady Hamilton

Le temps, implacable alchimiste, épuisera le chaud parfum du santal.

Mais ces mots, écrits sur votre éventail, subsisteront, et vous y trouverez encore les immatériels parfums du souvenir.

Alors le tableau de votre éclatante jeunesse se déroulera dans votre mémoire. Vous en serez éblouie et ravie, comme nous sommes éblouis et ravis quand vos cheveux de cuivre se déroulent sur vos épaules.

Puis après, le temps un instant dompté, reprendra son œuvre dévorante, et votre chair, aurore palpable, sera emportée tout à coup par la colère du sort ou de l'homme; ou bien elle se desséchera lentement au vent de la vieillesse, pour se dissoudre enfin dans la terre brune.

Cet éventail, aussi, vendu, acheté, revendu, sali dans les tiroirs, brisé par les enfants, bibelot dédaigné des bric-à-brac, finira peut-être dans un clair incendie, ou bien épave d'égouts, il descendra les rivières pour s'émietter, pourri, dans la mer immense.

En attendant, gardez l'orgueil de votre chair couleur d'aurore, laissez insolemment flamboyer vos cheveux, jouez avec la perverse toute-puissance de vos yeux transparents.

Car vous êtes l'anneau actuel de la perpétuelle chaîne de beauté; car ce qui a lui une fois, luit à jamais dans l'absolu; car, à la symphonie de votre vie, il faut un sévère et grandiose accord final.

D'ailleurs ces mots qui parlent de vous, transmis de mémoire en mémoire, feront sans cesse revivre la main souveraine qui a tenu cet éventail et la chair qu'il a caressée de ses battements parfumés.

SUR TROIS AQUATINTES

de Henry Cros

1. *Effarement*

Au milieu de la nuit, un rêve. Une gare de chemin de fer. Des employés portant des caractères cabalistiques sur leurs casquettes administratives. Des wagons à claire-voie chargés de dames-jeannes en fer battu. Les brouettes ferrées roulent avec des colis qu'on arrime dans les voitures du train.

Une voix de sous-chef crie : La raison de M. Igitur, à destination de la lune! Un manœuvre vient et appose une étiquette sur le colis désigné — une dame-jeanne semblable à celles des wagons à claire-voie. Et, après la pesée à la bascule, on embarque. Le coup de sifflet du départ résonne, aigu, vertigineux et prolongé.

Réveil subit. Le coup de sifflet se termine en miaulement de chat de gouttière. M. Igitur s'élance, crève la vitre et plonge son regard dans le bleu sombre où plane la face narquoise de la lune.

II. *Vanité sous-marine*

Amphitrite rose et blonde passe avec sa suite dans un lointain glauque, sous l'eau de la mer du sud.

Comme les nymphes parisiennes qui vont au bois, elle conduit elle-même sa coquille de moule, délicieux coupé verni en noir luisant, rechampi d'azur et de nacre.

La belle abandonne ses cheveux à la brise liquide et salée. Ses paupières se ferment à demi et ses narines rosées se dilatent de plaisir en cette course aventureuse.

Avec quelle arrogance ses beaux bras s'allongent et tendent les rênes, minces algues vertes, des deux hippocampes fougueux à la robe alezane claire!

C'est l'imprévue absurdité féminine, désastreuse et adorable, plus fière des étoffes achetées que des blanches courbures de son sein, plus orgueilleuse de la pure généalogie de son attelage que de la transparence de ses prunelles.

Elle est attendue à quelque réunion de bienfaisance où des Néréïdes font la quête, escortées au milieu de la foule par des tritons empesés dans leur faux-col de cérémonie, et où les sirènes doivent se faire entendre au profit des cités ouvrières qui fabriquent le corail.

Elle arrivera en retard, un peu exprès, pour faire une entrée à sensation au milieu du discours officiel de M. Protée, organisateur zélé mais ennuyeux à entendre.

Elle arrivera en retard, car, heureuse d'être regardée, même par les plus humbles citoyens aquatiques, elle retient ses fringants hippocampes et les fait piaffer sur place, feignant de ne pouvoir obtenir qu'ils avancent.

N'est-ce pas d'ailleurs de la bienfaisance que de charmer gratuitement les yeux de tant de pauvres gens?

III. *Le vaisseau-piano*

Le vaisseau file avec une vitesse éblouissante sur l'océan de la fantaisie,

Entraîné par les vigoureux efforts des rameurs, esclaves de diverses races imaginaires.

Imaginaires, puisque leurs profils sont tous inattendus, puisque leurs torses nus sont de couleurs rares ou impossibles chez les races réelles.

Il y en a de verts, de bleus, de rouge-carmin, d'orangés, de jaunes, de vermillons, comme sur les peintures murales égyptiennes.

Au milieu du vaisseau est une estrade surélevée et sur l'estrade un très long piano à queue.

Une femme, la Reine des fictions, est assise devant le clavier. Sous ses doigts roses, l'intrument rend des sons veloutés et puissants qui couvrent le chuchotement des vagues et les soupirs de force des rameurs.

L'océan de la fantaisie est dompté, aucune vague n'en sera assez audacieuse pour gâter le dehors du piano, chef-d'œuvre d'ébénisterie en palissandre miroitant, ni pour mouiller le feutre des marteaux et rouiller l'acier des cordes.

La symphonie dit la route aux rameurs et au timonier.

Quelle route? et à quel port conduit-elle? Les rameurs n'en savent trop rien, ni le timonier. Mais ils vont, sur l'océan de la fantaisie, toujours en avant, toujours plus courageux.

Voguer, en avant, en avant! la Reine de la fiction le dit en sa symphonie sans fin. Chaque mille parcouru est du bonheur conquis, puisque c'est s'approcher du but suprême et ineffable, fût-il à l'infini inaccessible.

En avant, en avant, en avant!

L'HEURE FROIDE

Au comte Ferdinand de Strada.

Les crépuscules du soir m'ont laissé tant de pierreries dans la mémoire, qu'il me suffit de prononcer ces mots « crépuscules du soir, splendeurs des couchants » pour évoquer à la fois les souvenirs solennels de vie antérieure et les ravissements de jeunesse enivrée.

Et puis, après le crépuscule, la douce nuit transparente ou bien encore la bonne nuit, épaisse comme des fourrures.

Alors, à Paris, le gaz s'allume. L'été, le gaz, brillant parmi les arbres des jardins, donne aux feuilles qu'on ne voit qu'en dessous, des tons verts et mats de décor de féerie. L'hiver, le gaz dans le brouillard raconte tous les délires du soir : le thé, le vin chaud dans les familles, la bière et les nuages de tabac dans les cafés, les orchestres qui font tourbillonner, à leur respiration vibrante, les élégances de toutes classes,

Ou encore la nuit de travail : la lampe, le coin du feu, aucune obsession bruyante.

Puis les étalages s'éteignent. Les réverbères officiels ont seuls le droit de jeter leur lueur austère.

Les passants deviennent plus rares. On rentre. Les uns pensent à la chambre tranquille, au lit à rideaux (bon endroit pour mourir); les autres regrettent l'agitation interrompue et s'étourdissent de chants et de cris en plein air. Quelques querelles d'ivrognes.

Des dames en capeline sortent des soirées honnêtes; des vendeuses de volupté chuchotent leurs offres, modestes à cause de l'heure avancée.

On marche. On écoute ses propres pas. Tout le monde est rentré. Les bouchers, ensommeillés, reçoivent d'énormes moitiés de bœufs, des moutons entr'ouverts et raidis.

Tout le monde est chez soi, égoïstement et lourdement endormi. Où aller? Tout endroit hospitalier est fermé. Les feux sont éteints. A peine trouverait-on quelques brins de braises dans les cendres des foyers refroidis.

(Dans la vie antique, c'est à cette heure-là que les dormeurs des orgies se font éveiller par les esclaves. On remet de l'huile aux lampes mourantes. On sert à boire. On s'agite. On chante. Mais c'est pour oublier la mortelle influence qui est sur la maison. Aussi les plus forts sont pâles, bleuâtres, des frissons indomptables traversent leurs os.)

Les transparences de la nuit deviennent dures ou se voilent de brume. Oh! il vaut mieux marcher. Où aller? C'est l'heure froide.

Minuit est la limite fictive, astronomique, entre la veille et le lendemain. Mais l'heure froide est l'instant vrai, humain où un autre jour va venir. Il semble qu'à cette heure, il soit mis en question pour chaque être, si ce jour qui vient s'ajoutera à ceux qu'il a déjà vécus ou si le compte en est fini pour lui.

Alors être seul chez soi, sans dormir, c'est l'horreur. Il semble que l'ange de la mort plane sur les hommes, profitant de leur sommeil implacable pour choisir sa proie pendant que nul ne s'en doute.

Oh! oui, à cette heure-là, on étoufferait, on râlerait, on sentirait son cœur se rompre et le sang tiède, fade, monter à la gorge, dans un dernier spasme, que personne ne pourrait entendre, ne voudrait sortir du sommeil pesant et sans rêves qui empêche les terrestres de sentir l'heure froide.

LASSITUDE

Pendant de longues périodes dans la vie courte, je m'efforce à rassembler mes pensées qui s'enfuient, je cherche les visions des bonnes heures.

Mais je trouve que mon âme est comme une maison désertée par les serviteurs.

Le maître parcourt inquiet les corridors froids, n'ayant pas les clefs des pièces hospitalières où sont les merveilles qu'il a rapportées de tant de voyages.

Les ravissements, les instants où je savais tenir l'univers en ma main royale, ont été bien courts et bien rares. Presque aussi rares sont pour moi les périodes de pensée normale. Le plus souvent je suis impuissant, je suis fou; ce dont je me cache au dehors, sous les richesses conquises aux bonnes heures.

Quelle drogue me rendra plus fréquente la pensée normale? Quand je l'ai, quand elle se prolonge, ma poitrine puissante me permet de monter là où nulle senteur terrestre n'arrive plus, là où, dans le ravissement, j'exerce ma royauté.

Après de mauvais sommeils (d'où viennent-ils?) voici que je ne suis plus là-haut. Je n'ai plus que le regret de ce que j'y ai senti. A peine me reste-t-il assez de lucidité et de courage pour rendre compte aux hommes de ce que j'y ai fait et me justifier auprès d'eux.

J'ai eu toutes les fiertés; j'ai dédaigné les comptes à rendre et les justifications.

Mais quand la fièvre pesante m'a égaré et fait redescendre, puis-je vivre seul et sans soleil entre des murs de haine?

Pourtant, les efforts que je consens à faire, malgré ma lassitude, loin de m'être comptés, ne me désignent-ils pas plutôt à la fureur des empressés qui s'agitent en bas?

LA VIE ET L'ŒUVRE DE CHARLES CROS

1842 1er octobre : Naissance à Fabrezan (Aude) d'Hortensius, Émile, Charles Cros, quatrième enfant de Simon, Charles, Henri Cros et de son épouse Joséphine Thore.

1855-1859 Charles s'initie aux éléments du grec, du latin, du sanscrit, de l'hébreu, de l'allemand et de l'italien.

1860 Aspirant-répétiteur à l'Institution des sourds-muets.

1867 Expose un télégraphe automatique à l'Exposition universelle.
2 décembre : dépose, sous pli, un exposé relatif à la « reproduction des couleurs, des formes et des mouvements » (Académie des sciences).

1868 Rencontre Nina de Villard.

1869 Publie ses premiers vers dans *L'Artiste* et *La Parodie*. Collabore au second *Parnasse contemporain*.
Publie deux brochures : *Solution générale du problème de la photographie des couleurs*, et *Étude sur les moyens de communication avec les planètes.*

1871 Durant la Commune, Charles est nommé, le 21 avril, à une fonction mineure dans une formation sanitaire.
Octobre : Cros héberge Rimbaud durant une quinzaine de jours. Ils fréquentent ensemble les réunions zutiques.

1872 Cros fréquente les dîners des Vilains Bonshommes.
7 juillet : Verlaine et Rimbaud fuient Paris. Cros prend le parti de Mathilde.

Nina de Villard, qui avait quitté la France au lendemain de la Commune, rentre de Genève.
Mai : Cros adresse à l'Académie des sciences une note sur la « Théorie mécanique de la perception, de la pensée et de la réaction ».

1873 1er avril : *Le Coffret de santal.*

1874 Cros fait paraître la *Revue du Monde nouveau*, qui aura trois numéros.
Le Fleuve, avec huit eaux-fortes de Manet.

1875 Son envoi au troisième *Parnasse contemporain* est refusé.

1876 Juillet : les *Dixains réalistes.*

1877 Avril : pli cacheté à l'Académie des sciences sur le « paléophone » ou « phonographe ».
19 décembre : Edison dépose à Paris sa demande de brevet. Rupture avec Nina de Villard.

1878 11 mars : à l'Académie, Edison présente son phonographe.
18 mars : Cros adresse à l'Académie une note à ce sujet.
14 mai : Cros épouse Mary Hjardemaal.
Octobre : les Hydropathes.

1879 2 février : naissance de Guy-Charles Cros.
10 juillet : prix Juglar de l'Académie française.
Décembre : deuxième édition du *Coffret de santal.*

1880 Naissance de René Cros.

1881 A la fin de cette année, Rodolphe Salis fonde *Le Chat Noir.*

1883 Janvier : Cros obtient ses premières épreuves couleurs sur papier.
18 août : fondation des Zutistes. Le président en est Charles Cros[1].

1884 Au *Chat Noir*, Cros rencontre la chanteuse Thérésa.
Nina de Villard meurt, le 22 juillet, dans une maison de santé de Vanves.

1. Il faut bien voir qu'il y eut deux cercles zutiques. Celui de 1871 tenait ses assises, rue Racine, à l'hôtel des Étrangers. De ce temps date l'*Album zutique*. Le second cercle zutique créé et présidé par Charles Cros en 1883, se réunissait le jeudi soir (généralement) au 139, rue de Rennes, à l'enseigne de *la Maison de bois.*

1887 Note à l'Académie des sciences : « Contribution aux procédés de photographie céleste ».

1888 Note à l'Académie des sciences : « Des erreurs dans les mesures des détails figurés sur la planète Mars. »
Parution, chez Lemerre, de *La Vision du grand canal royal des Deux Mers*.
9 août : Charles Cros meurt en son domicile du 5 de la rue de Tournon.

1908 *Le Collier de griffes*.

LE COFFRET DE SANTAL

CHANSONS PERPÉTUELLES

PASSÉ

DRAMES ET FANTAISIES

VINGT SONNETS

GRAINS DE SEL

FANTAISIES EN PROSE

DU MÊME AUTEUR

Dans la même collection

LE COLLIER DE GRIFFES. *Préface d'Hubert Juin.*

Ce volume,
le soixante-dix-huitième de la collection Poésie
a été achevé d'imprimer sur les presses
de l'imprimerie Bussière à Saint-Amand (Cher),
le 1er février 1995.
Dépôt légal : février 1995.
1er dépôt légal dans la collection : janvier 1972.
Numéro d'imprimeur : 400.
ISBN 2-07-031833-8. / Imprimé en France.

71482